Friedrich Christian Delius:
Werkausgabe in Einzelbänden bei rororo

Bildnis der Mutter als junge Frau. *Erzählung*
Der Sonntag, an dem ich Weltmeister wurde. *Erzählung*
Amerikahaus und der Tanz um die Frauen. *Erzählung*
Als die Bücher noch geholfen haben. *Biografische Skizzen*

Mein Jahr als Mörder. *Roman*
Ein Held der inneren Sicherheit. *Roman*
Mogadischu Fensterplatz. *Roman*
Himmelfahrt eines Staatsfeindes. *Roman*
Adenauerplatz. *Roman*

Der Spaziergang von Rostock nach Syrakus. *Erzählung*
Die Birnen von Ribbeck. *Erzählung*
Die Flatterzunge. *Erzählung*
Die Frau, für die ich den Computer erfand. *Roman*
Der Königsmacher. *Roman*

Wir Unternehmer / Unsere Siemens-Welt / Einige Argumente zur Verteidigung der Gemüseesser. *Satiren*
Die Minute mit Paul McCartney. *Memo-Arien*
Unsichtbare Blitze. *Ausgewählte Gedichte*

Friedrich Christian Delius

Die linke Hand des Papstes

Roman

Rowohlt Taschenbuch Verlag

Für Vanda, Alberto, Peter

Veröffentlicht im Rowohlt Taschenbuch Verlag,
Reinbek bei Hamburg, Juni 2015

Umschlaggestaltung any.way, Walter Hellmann
Satz aus der Adobe Garamond, PostScript,
bei Pinkuin Satz und Datentechnik, Berlin
Druck und Bindung CPI – Clausen & Bosse, Leck, Germany
ISBN 978 3 499 26831 1

«Da man über Rom nirgends die Wahrheit findet, darf ich hoffen, dass mir der Leser einige flüchtige Bemerkungen nachsehen wird …»

Stendhal, Römische Spaziergänge

Die Hand, dachte ich am ersten März-Sonntag des Jahres 2011 – was ist mit der Hand? Offen, leicht gebogen aus dem schwarzen Ärmel entspannt nach unten hängend, die Finger locker beieinander, weiß und weichlich, was tut die Hand des Papstes, wenn sie nichts tut? Viel erfahren wir Zuschauer über diesen Mann, ob wir wollen oder nicht, ständig werden seine Gesichter, seine Gewänder, seine Fensterbühnen gezeigt, jeden Sonntag könnte man ihn singen, sprechen und segnen hören, täglich möchten Tausende mit ihm gefilmt oder fotografiert werden, überall wird er zitiert, wird sein violettes Lächeln auf Postkarten verkauft, seine Macht beschworen, gesucht, bezweifelt, seine Rolle geliebt, geschätzt oder verachtet – aber seine Hände, nichts weiß man über seine Hände, was ist mit den Händen?

Nein, ich wunderte mich nicht, ihn so nah, wenige Meter rechts von mir, fast neben mir zu sehen, in der letzten Reihe des Kirchenraums, den alten Herrn, der nach allgemeiner Übereinkunft Papst genannt wird. Unauffällig war er gekleidet, ohne seine autoritätsverheißende Tracht, kein Gold leuchtete, kein Lila, kein

Purpur, sein weltbekannter Kopf war weder mit einer auffälligen Spitzmütze geschmückt noch mit einer Kappe bedeckt, er wirkte wie ein einfacher Pfarrer oder wie ein Bischof in Zivil mit schwarzem Anzug und weißem, gestärktem Halskragen. Rechts und links neben ihm saßen zwei Priester, die man auch auf Fernsehbildern in seiner Nähe entdecken konnte, in ähnlich neutraler und schlichter Kleidung. Gesten, Blicke, Körperhaltungen, alles gut eingespielt. Irritierend war nur, dass die drei schwarzen Herren nichts taten und nicht in den Vordergrund, in die Mitte, in ein größeres Blickfeld drängten.

In einer Reihe mit ihnen sitzend, der Gang zwischen uns, war meine Perspektive nicht die beste. Da ich nicht als Gaffer auffallen und den Kopf so wenig wie möglich nach rechts drehen wollte und nur diskret hinüberschielte, sah ich das bekannte Gesicht zwischen den Gesichtern seiner Begleiter eher flüchtig und im Profil, sechs oder sieben Meter entfernt. Die Augen wandten sich darum mehr seinen Händen zu, vor allem der mir näheren linken Hand, auf dem Oberschenkel, am Knie, auf der Lehne ruhend oder den Kopf stützend, die rechte war nur dann vollständig sichtbar, wenn der alte Herr den Arm bewegte und sie etwas vorstreckte. Die Hände zogen meine Blicke an, die vermutete Müdigkeit alter und immer noch mächtiger Hände war es, über die ich ins Sinnieren kam. Und die Untätigkeit, die sie vielleicht nicht gewohnt waren, ausnahmsweise einmal nicht gebraucht für eines der jahrhundertealten

Rituale des Amtes und der Würde, nicht grüßend und zum Segen erhoben, andere Hände drückend, Unterschriften mit Tinte malend, Buchseiten umblätternd, betend, Hostien oder Besteck haltend. Die ruhenden Hände, die pausierenden, die in diesen Minuten arbeitslosen Hände eines sogenannten Unfehlbaren, sie luden mich ein, sie provozierten mich nachzudenken, sie lockten, hinter ihr Geheimnis zu kommen, wenn es denn ein Geheimnis geben sollte, das sie so auffällig weich und schlaff an einem starren Körper hängen ließ, sie gaben mir Rätsel auf.

Sie verführten mich zum Handlesen aus der Ferne, wie man mir mit Recht vorwerfen könnte. Aber was bleibt einem anständigen Ketzer, der weder mit der Blindheit der Knienden noch mit dem Hochmut der Kirchenhasser geschlagen ist, was bleibt einem frühpensionierten Archäologen, der sich gelegentlich als Fremdenführer verdingt, anderes übrig, wenn er, aus welchem verzwirbelten Zufall auch immer, die Gelegenheit hat, einen Papst aus nächster Nähe zu beobachten? Wenn er diesen anekdotischen Augenblick still auskostet, nicht wissend, ob die Begegnung eine halbe Minute oder eine halbe Stunde oder länger dauern wird?

Das Studium der Hände aus geringer Entfernung, für mich war das nichts weiter als die berufliche Gewohnheit, mit Bürste und Pinsel ein Objekt zu säubern und vom Detail aufs Ganze zu schließen und, das Ganze im Blick, jede Einzelheit wieder und wieder zu prüfen.

Wir sind nun mal eine komische Mischung, wir Archäologen: neugierige Scherbenputzer, Schichten- und Faltendeuter. Phantasiestark und penibel, Lateiner und Utopisten, in Geschichte so halbwissend wie in Geologie, Stubenhocker, Zeltschläfer, Staubschlucker, Detektive und Virtuosen der Enttäuschung. Wir können nur von Indizien, von Details ausgehen, müssen Säcke voll Geduld mitbringen beim täglichen Puzzlespiel: lauter fehlende Teile, dreidimensionale Rätsel, die noch keiner gelöst hat. So nahm ich auch diese Hände nüchtern und professionell in den Blick und versuchte das, was ich sah, mit dem zu kombinieren, was ich wusste, und dem, was wahrscheinlich schien im großen römischen Mosaik, wie manche sagen, oder Puzzle, wie ich meine, oder im wunderbar ungeordneten Haufen, wie man auch sagen kann, von vielfach beschriebenen, immer neu zu entdeckenden Geschichtsbrocken.

Die Hände haben meine Neugier gefordert, nicht aber der ungewöhnliche Ort, an dem die Begegnung stattfand und den andere Beobachter wahrscheinlich als befremdlich oder anstößig empfunden hätten. Was hat das Oberhaupt der Katholiken in einer protestantischen Kirche zu suchen, mitten in Rom? Diese Frage stellte ich mir nicht, eine Sensation konnte ich da nicht wittern, denn es war nicht sein erster Besuch in diesem Raum. Genau hier hatte ich ihn ungefähr ein Jahr zuvor schon einmal gesehen, damals jedoch mit allem päpstlichen Gepränge, mit abgesperrten Straßen, Polizistenspalier, Hubschrauber, Krankenwagen, Limousine, Besucherlisten, Ausweisprüfung, Taschenkontrollen, Metalldetektoren, vollbesetzten Bankreihen, aufgeregtem Getuschel, Einmarsch mit Gefolge bei vollem Orgelklang, purpurroten oder grünen Gewändern, die Farbe hatte ich vergessen, mit normiertem und dosiertem Lächeln zwischen den ernstergriffenen Protestanten, mit Kinderhändeschütteln, mit zahllosen Kameras, Mikrofonen, einem goldlackierten Theatersessel, mit frommen Wünschen, einer päpstlichen Predigt auf der lutherischen Kanzel und allgemeiner Rücksichtnahme.

Eine diplomatische Angelegenheit, ein Höflichkeitsbesuch im Gedenken an den polnischen Vorgänger, der siebenundzwanzig Jahre zuvor als erster Papst eine protestantische Kirche betreten hatte, genau diese in der Via Sicilia. Meine Frau Flavia und ich hatten ungefähr da gesessen, wo ich jetzt saß. Eine hübsche Inszenierung war das gewesen, ein sanftes Spektakel zur Beruhigung der von der Einheit der Kirche oder von Gleichberechtigung träumenden gutwilligen Protestanten, die er, wie man aus anderen Quellen wusste, verachtete. Der wird euch, hatte Flavia hinterher lachend gesagt, den fünfhundert Jahre alten Ungehorsam gegen den Schwindel mit dem Ablass nie verzeihen, der braucht euch doch, um euch immer wieder die Verantwortung für die Spaltung der Kirche zuzuschieben, warum kriegen diese Protestanten so leuchtende Augen, wenn sie dem, gerade dem die Hand geben dürfen?

So hatte es mich nicht gewundert, den prominenten Gast wieder hier zu treffen. Ich hätte mich fragen müssen, warum er nach relativ kurzer Zeit schon zum zweiten Mal an diesem Ort auftauchte, doch die Frage beschäftigte mich gar nicht. Die Bilder seines offiziellen Besuchs waren mir noch so gegenwärtig, dass ich bei dem nun allem Anschein nach inoffiziellen Besuch, ohne päpstliche Rüstung und fast inkognito, keine Aufregung oder Befangenheit spürte, sondern nur dachte: Nutze die überraschende Audienz, schau auf die Hände, was ist mit den Händen?

Unaufdringliches Orgelspiel war zu hören. Der Mann, der die Rolle des Pontifex übernommen hatte, wirkte nicht so, als fühle er sich im Zentrum allgemeiner Aufmerksamkeit. Mir kam es so vor, als sei ich der einzige unter den dreißig oder vierzig Anwesenden, der ihn mit beharrlicher, unauffällig aus den Augenwinkeln gelenkter Betrachtung würdigte. Er saß fast am Rande, schaute und schwieg. Es waren keine Kameras auf ihn gerichtet, weder die von Schultern oder Stativen getragenen Aufnahmemaschinen des Fernsehens noch die schweren Geschosse der Reporter, nicht einmal die sonst an jeder Straßenecke, in jeder Kirche, in jedem Museum hochgereckten handlichen Telefonkameras. Hier filmte und fotografierte niemand, und allein das verlieh der Szene, deren Augenzeuge ich an jenem Sonntag vor Rosenmontag, Fastnacht und Aschermittwoch wurde, etwas angenehm Altmodisches, ja Surreales.

Es gibt aufregendere Anblicke als den Papst im Profil, ich spürte wenig Neigung, auf die eine Seite eines milchigen Sorgengesichts zu starren, ich schielte nur zu den im Viertelschatten hängenden, liegenden, stützenden Händen hinüber, an deren Fingern nicht der Ring zu entdecken war, den seine Untergebenen und die Frommen zu küssen pflegen. Schalte die Hirnkamera ein, befahl ich, richte den Zoom auf die Hände. Denk an die Maler, die ihre Skizzen machen, bevor sie die Leinwand spannen, die Ölfarben mischen und zum Pinsel greifen: Ärmel, Manschetten, Finger für Finger, jedes Gelenk einer leicht gekrümmten Hand, jedes Nagelbett, die Faltenschnitte, die Adern. Denk an die verkrampft rotierenden Finger bei Raffaels Julius, an Tizians Hand des dritten Paul, den Brief in der linken Innozenz-Hand von Velázquez. Präg dir ein, was du siehst, befahl ich mir, auch ohne Zeichenstift.

Den Nachmittag eines Fremdenführers hatte ich mir anders vorgestellt. Während Flavia, nach einer Tagung am Comer See, ab vierzehn Uhr ungefähr im Bus nach Mailand, dann im Schnellzug nach Rom fuhr, hatte ich vor der Führung einer Gruppe aus Heilbronn einmal wieder allein durch die Stadt schlendern wollen, ohne den Erklärer und pseudoallwissenden Antwortgeber spielen zu müssen, ohne beflissene deutsche Zuhörer und ihren viel zu engen Stundenplan, den sie neuerdings Zeitfenster nannten. Immer der Nase nach laufen ohne die große römische Jupiter-Symphonie in den Ohren, das Allegro aus Motorenlärm, Hupen,

Alarmanlagen, Baumaschinen, Rollergeknatter, Hundegebell, die Kontrapunkte aus Möwengeschrei und Telefoniergeschrei, das Crescendo der aggressiven, stinkenden oder methangezähmten Busse, die durch Schlaglöcher scheppern, das Andante des Geschiebes auf schwarzem Pflaster der Touristentrampelpfade, der gebremsten Schritte mit pausenlosen Ausweichmanövern auf Zebrastreifen und fotogenen Treppen und vor den Brunnen, die langsamen Takte zwischen Andenkenläden, Säulenansichten und Ramschtischen, die Dissonanzen der Englisch krächzenden Animierkellner und der «Capo!» rufenden schwarzhäutigen Verkäufer weißer Socken.

Sonntags wird nur die kleine Symphonie geboten, Andante cantabile, sonntags ist es langweiliger, aber nur sonntags kann ich im Zentrum freiere Gedanken fassen, Einzelheiten entdecken und mein Wissen erweitern, kann zielloser durch das Steinreich schlendern, das am siebten Tag weniger betrampelt, zugestellt, umlärmt und vom Verkehr in die Zange genommen wird als sonst. Fassaden werden nicht von Lastwagen verdeckt, Autos fahren weniger langsam und weniger nah, Bettler beschränken ihren Aktionsraum auf Kirchenstufen. Nur sonntags kann man draußen vor den Bars sitzen, ohne gleich von Afrikanern mit Papiertaschentüchern und falschen Taschen, von Bengalen mit falschen Uhren und chinesischem Spielzeug, von Rumänen mit falschen Liedern belästigt zu werden. Ich hatte an diesem Sonntag bloß das eine Ziel, um siebzehn Uhr den Ort zu erreichen, wo ich mit den Heilbronnern verabredet war, bei meiner Lieblingsreliquie, wie ich zur billigen Erheiterung der mehr oder weniger unchristlichen Bekannten und Freunde sage, dem Finger des ungläubigen Thomas in Santa Croce.

Ein römischer Schlendertag, einmal wieder von Nord nach Süd durch die ganze Parkanlage der Villa Borghese spazieren, sich an den schönsten Frauen der Welt erfreuen, ohne sie in musealer Ordnung gerahmt und verbannt zu finden. Ich hatte sie links liegenlassen in der Galleria Borghese, nur aus dem Gedächtnis einige Gemälde und Skulpturen abgerufen, die Reihe der wunderbaren Geschöpfe, die Daphnen und Danaen, die Sibyllen und die große Circe, die verschiedenen Prachtausgaben der Venus, die Damen mit Einhorn und Schwan, Proserpina und Paolina, und daneben den tanzenden Satyr und den geilen Apoll, den Lieblingsgott von Flavia, der seine linke Hand in so zarter wie entschiedener Besitzergreifung auf Daphnes Hüfte und Bauch legt und die vor dem Reich der Sinne fliehende, sich in einen Lorbeerbaum verwandelnde Schöne vergeblich festzuhalten sucht. Ich war an der hellen Fassade des Museums vorbeigelaufen und wusste dahinter das Panorama himmlischer und irdischer Lieben und weltlicher Freuden, von klugen Kardinälen oder Päpsten in Auftrag gegeben, war unter Pinien und sterbenden Palmen über Wege und die Wiesen geschlendert und hatte meine eigene Galerie der prächtigen Damen zusammengestellt, Brescianinos Venus neben Correggios Danae, Berninis Daphne, Fontanas Minerva und Tizians Himmlische, Bilder, die ich auch jetzt nicht vergessen, nicht fortschieben konnte, als ich mich unter biederen Ornamenten und einem goldenen protestantischen Mosaikhimmel aus der Zeit des Ersten Weltkriegs in der unerwarteten, ungewohnten Nähe eines Papstes befand.

Keine zweihundert Meter von Tizians «Amor sacro e amor profano» entfernt hatte eine etwa sechzigjährige Dame, die einst eine Schönheit gewesen sein musste, ihren hysterischen Kläffer immer wieder mit «Amore!» befehligt, und erst als ich an ihr vorbei war, hatte ich die Komik begriffen und gleichzeitig zu grübeln begonnen. Ihr Gesicht, es kam mir bekannt vor, war das vielleicht jene Sandra oder Alessandra oder Alexia, mit der ich vor Jahrzehnten während des ersten römischen Praktikums eine halbe Nacht lang auf den Treppen vor Sant'Agostino gesessen und über wer weiß was geredet hatte und der ich gefolgt war, als es zwei Uhr schlug? Gewiss ein Irrtum, es hätte in dem Blickwechsel zwischen uns, als das Amore-Tier mir an die Beine bellte, wenigstens einen winzigen Moment der Irritation oder der Befangenheit geben müssen. Wisch das weg, keine Vergangenheitsgrübelei bitte, keine Amore-Nostalgie, entschied ich jetzt, es war einfach eine ältere Frau, die einst jung gewesen ist wie ich.

Frau mit Hund, eine banale und oft gesehene Szene, ein sprechendes Bild für den neuen Hundekult, über den ich ganze Vorträge halten könnte: Die Verhundung Roms und die Vertreibung der Katzen am Übergang vom zwanzigsten zum einundzwanzigsten Jahrhundert. Die Verzehnfachung der Hunde in den letzten fünfzehn Jahren. Die Hundemode als Indiz für den Verfall Italiens, so weit hätte ich den Übermut treiben können, wenn nicht die Rede vom Verfall ein Italien-Gemeinplatz wäre. Nur das Elend der Dattelpalmen hatte nichts mit dem Verfall Italiens zu tun, der unersättliche rote Palmrüssler war aus Spanien eingewandert. Was ging mich dieser Käfer an, ich versuchte die Gedanken zurückzuzwingen in die Kirche, in der ich saß und den bescheidenen Vorsatz gefasst hatte, mich auf ein einziges Objekt zu konzentrieren, die linke Hand.

Aber die erst vor wenigen Minuten aufgerufenen Bilder der Schönen liefen im Hintergrund weiter, schwer zu steuern und nicht zu beherrschen, als wollten sie der päpstlichen Anwesenheit trotzen. Und es wehrte sich auch Lord Byron dagegen, beiseitegeschoben zu werden, den ich eben besucht hatte am Südrand des Borghese-Parks auf seinem Denkmal mit den Versen «Fair Italy, thou art the garden of the world …» Der Dichter, von den eigenen Zeilen ergriffen, auf die Via Veneto hinunterschauend, die Stadt mit seiner Begeisterung in Besitz nehmend, «O Rome! my country! city of the soul!», ein Ur-Tourist, ein unermüdlicher

Schwärmer, der aus dem dreckigen Rom des frühen neunzehnten Jahrhunderts, aus der dumpfen Priesterdiktatur ein Garten- und Seelenparadies erdichtet hatte. Byrons poetisches Pathos traf schon damals daneben, traf die heutigen Wirklichkeiten noch weniger, gerade deshalb gefiel er mir in seiner abgehobenen, fast lächerlichen Pose, in seiner rombesoffenen Selbstspiegelung.

Auch an diesem Nachmittag, die Verse vom Stein lesend, hatte ich sie wieder beneidet, die Romantiker und alle, die ihnen gefolgt waren, die sich die Welt zum Garten und zur Idylle umdichten und den schönen Irrtum pflegen konnten, der fremde Boden, den ihre Füße betraten, sei zu ihrer persönlichen Gefühlsbefriedigung bestimmt. Touristen, Anti-Touristen und meine aufgeklärteren Bildungstouristen, in jedem steckt der Sehenswürdigkeitenschwärmer, Vergangenheitsschwärmer, der Arkadiensucher. Bei der Via Veneto möchten sie nur an das süße Leben denken, an Brüste, Champagner und Sportwagen, an die Formel oder Fiktion vom süßen Leben, die es höchstens ein paar Jahre oder nur in einem Film gegeben hat. Jeder ein Möchtegern-Goethe, jeder ein Schwärmer, jeder hütet seine Klischees und sammelt, was dazu passt – ich verstehe das gut. Wer will schon hören, zum Beispiel, dass diese berühmte Straße einst der Boulevard der Nazibesatzer war und heute dank der casalesischen und der russischen Mafia so künstlich blüht, wie sie blüht, was die Ratten nicht hindert, in der Dämmerstunde ihre Aufwartung zu machen. Wenn ich mich überwinde zu sagen: Sehen Sie, das Hotel dort, einst das Hotel Flora, wo die SS-Mörder im Luxus hausten und der römische Widerstand eine Bombe hochgehen ließ, nicht so erfolgreich wie in der Via Rasella, und so weiter, dann verziehen sich die Gesichter. Naziterror in der Ewigen Stadt, solche Rückblicke schaden der Urlaubslaune, und die Mordgeschichten von heute will man lieber im Krimi lesen oder auf dem Schirm genießen, in Island, Schweden oder in der Eifel spielen sehen als hinter den Prachtfassaden und den undurchschaubaren Gesichtern und Gesten der Kellner der Via Veneto.

Man will schwärmen, man will, wenn die schwerverdienten Euros für Flug und Hotel einmal abgebucht sind, die Seele im ungetrübten Licht baden, in dem mit blauer Heiterkeit geschmückten Himmel spiegeln, man will die Postkarten mit Ruinenblick und Sonnenuntergängen hinter Pinienkulissen an Ort und Stelle erleben, man will die warme Luft und das kühlende Pistazieneis schmecken und sich vom Reiseführer zum angeblich besten Eis Italiens lenken lassen, man will die Märchen. Man will die Palmen und keinen Palmrüssler. Man reist schließlich nach Rom, um sich Märchen erzählen zu lassen, und an der Via Veneto darf es nur das Märchen vom süßen Leben sein, schwedische Brüste, Champagner und italienische Sportwagen inklusive, man braucht auf dem Forum einen leutseligen Cäsar und die Antike als Heldengeschichte oder unter der Peterskirche die schlüsselfertige Legende der Gebeine des Petrus. Nirgendwo sonst sind so viele Legenden und Mythen erfunden und, weil tausendfach wiederholt, auf wundersame Weise der Wahrheit zum Verwechseln ähnlich geworden. Nirgendwo sonst, behaupte ich, der, zugegeben, nur Rom und Bremen kennt, glauben die Leute so gern den Erfindungen und wollen sich so gern betrügen lassen wie hier.

Zuweilen beneide ich sie, die Fremden, die ich führe, weil sie nicht wissen und nicht zu wissen brauchen, was die Polizei hin und wieder der Presse mitteilt, wenn auf den Straßen jemand erschossen wird: welche Viertel von kalabrischen und welche von chinesischen, welche von neapolitanischen, casalesischen, rumänischen oder russischen Mafiabanden beherrscht werden, man nennt sogar die Namen der entsprechenden Familien und Einflussgebiete und setzt Stadtpläne mit diesen Namen in die Zeitung. Mafiafreie Zonen scheint es nicht mehr zu geben in der «city of the soul», was offenbar niemanden aufregt im Land eines regierenden Mafiafreundes. Manchmal dient ein Mord der Flurbereinigung und der Begradigung der Transportwege, der Garten der Welt ist abgesteckt und aufgeteilt, «fair Italy» ein Kampffeld der nicht gerade für Fairness bekannten Geschäftsleute der Branchen Waffen, Drogen, Wetten, Prostitution, Menschenhandel, Wucher, Erpressung. Aber mein Dilemma ist: Andeutungen dieser Art hören Rombesucher nicht gern, nur wenn man etwas über Geldwäsche bei der Vatikanbank munkelt, werden die Leute hellhörig, Kirche und Kapital, das zieht immer.

Die Schönsten, der hübsche Byron, die Amore-Dame, die edle Veneto, die verschleierte Mafia, es wunderte mich, wie zügig ein Bild das andere überblendete, wie eilig das Gehirn an der simultanen Schau der frischen Eindrücke arbeitete, während ich mich an die Gegenwart eines Papstes zu gewöhnen versuchte. Offenbar wollte ich mich nicht ablenken lassen, schon gar nicht das sperrige, ungemütliche Assoziationsfeld Mafia räumen, das Minenfeld, vor dem jeder gleich schreit: Vorsicht! Klischee, Italienklischee! Das hat man als aufgeklärter, vorurteilsfreier Europäer zu meiden, Vorurteile zu bekämpfen ist zur höchsten Tugend geworden, einer höheren Tugend, als die Mafia zu bekämpfen, die unsereiner auch nur damit bekämpfen kann, dass man beim Schweigen nicht mitschweigt und beim Namen nennt, was oder wen die Polizei beim Namen nennt. Je mehr sich diese Banden über ganz Italien und halb Europa ausbreiten, je mehr die Mafia an jeder Tomate, an jeder Orange mitverdient, desto größer wird das Tabu, desto heftiger das allgemeine Abwinken: Bitte keine Dämonisierung der Mafia, säuseln die Mafiafreunde. Bitte keine Pistolenpasta-Klischees, sagen die Italiener. Bitte hört auf mit den abgestandenen Vorurteilen, rufen die Deutschen, wir sind keine Sauerkrautgermanen und die sind keine Spaghettifresser, also Schluss damit!

In letzter Zeit habe ich weniger Rücksicht auf solche Tabus genommen, manchmal in Gefahr, meine spärliche Kundschaft zu vergraulen. Sag deinen Touristen, riet mir Flavia vor kurzem, auch diese Wahrheit, dass das Herz der Mafia nicht in Palermo, Neapel oder Mailand schlägt, sondern in London. Da können unsere italienischen und andere Clans mit dem Drecksgeld, das sie ungeprüft und unversteuert mitbringen dürfen, am leichtesten zu feinen Geschäftsleuten aufsteigen. Da kannst du mal unsere Ermittler loben, die bei den braven, finanzfrommen Briten an ihre Grenzen stoßen. Ein kluger Rat ist das, London als Paradies der europäischen Wirtschaftskriminellen, das erschreckt meine Touristen wirklich, und ich brauche ihnen nicht mehr die Italienstimmung zu verderben.

Mit solchen Abschweifungen über «fair Italy» war ich, von Lord Byron kommend, die Via Veneto hinuntergegangen, dann abgebogen, hatte an der Via Sicilia die geöffneten Türen der evangelischen Kirche gesehen, überrascht, dass in dieser Nachmittagszeit, in der fast niemand unterwegs war und die zum Essen versammelten Familien zum Caffè übergingen oder im Restaurant die Rechnung verlangten, irgendwelche Türen und Tore offen standen und die einer Kirche sogar. Ich war eingetreten, obwohl hier nichts Großes, Sehenswürdiges zu bestaunen war, kein Highlight, kein Must, kein Not-to-be-missed, höchstens, für die Dänen, ein Taufstein von Thorvaldsen. Diese Kirche sparte ich bei meinen Touren aus, seit jenem Papstbesuch vor einem Jahr war ich nicht mehr hier gewesen. Ein paar Minuten sitzen, mehr wollte ich nicht, nachdem die protzigen Kaffeehäuser der Via Veneto und die meine Nichtswürdigkeit strafenden Blicke der uniformierten Kellner mich abgestoßen hatten. Die offenen Türen und die harten Kirchenbänke kamen mir recht, um die Überlegungen fortzusetzen, wie ich meiner Kundschaft hässliche Wahrheiten schonender beibringen könnte, ohne zum Spielverderber, zum Rom-Vergrauler zu werden.

Als ich einen türnahen Platz gewählt und kurz darauf den hohen Besucher und seine Begleiter entdeckt hatte, konnte ich die vorher gesammelten Bilder und Eingebungen erst nach und nach abschütteln und die kleine Sensation auskosten, unverhofft nahe bei dem berühmtesten Mann der Stadt zu sitzen, er auf einer prächtigen, wahrscheinlich aber unangenehm kühlen Marmorbank, ich auf einer Holzbank, ebenfalls in der letzten Reihe, sieben oder sechs Meter entfernt. Wer rechnet schon damit, dass ein Papst auf den pompösen Auftritt mit Gefolge verzichtet, der bei solchen Gelegenheiten üblich ist, und sich still und ohne die Weihe der Blitzlichter bescheiden in den Hintergrund setzt. Die oft von Ferne gesehene Gestalt interessierte mich wenig, ein stummer Papst schon eher, endlich war ich bereit für die Ablenkung, brauchte mich vorerst nicht weiter mit Mafia, Nazis und den Tücken der Rom-Schwärmerei herumzuschlagen und blieb länger sitzen, als ich vorgehabt hatte.

Gewiss wäre es aufregender gewesen, unsere zufällige Begegnung, wenn wir sie denn Begegnung nennen wollen, hätte an einem weniger unscheinbaren Ort stattgefunden. Wenn schon ein so genanntes Gotteshaus, dann eine touristisch und kunsthistorisch spannendere Kirche, zum Beispiel die kaum zehn Minuten entfernte Santa Maria della Vittoria mit der im Orgasmus schwebenden Theresa oder San Clemente, da hätte sich viel mehr erzählen, besser schwelgen und farbiger phantasieren, nebenbei einiges an Bildung vermitteln lassen über Doppelbödigkeit und römische Schichtungen, vom Mithras-Kult bis zum Totti-Kult, eine Kirche aus der Zeit der Erfindung der Erbsünde. Da hätte ich als Fremdenführer glänzen, da hätte ich unter der Hand noch für mich werben können, die Konkurrenz ist groß in unserer Branche.

Es gäbe Dutzende, Hunderte attraktiverer Orte, einem Papst zu begegnen, attraktiver zumindest der Hintergrund für fernsehtaugliche Bilder und die kräftigen Farben für den wackligen, verschwommenen Wahrheitsbeweis auf YouTube. Immer noch war hier weit und breit keine Kamera zu sehen, kein blitzendes Taschentelefon. Auch ich dachte nicht an künftige Beweise, ich dachte ja noch nicht einmal daran, einen Erlebnisbericht über diesen Sonntagnachmittag zu schreiben, ja schreiben zu müssen, weil das Unerhörte dieses Tages noch gar nicht geschehen war. Wenn ich das, was ich bald erleben sollte, von Anfang an geahnt hätte, wären meine Beobachtungen, statt immer nur auf die Hände des alten Herrn fixiert, gewiss etwas weiter gefasst gewesen.

Auch das hätte die allfälligen Einwände künftiger Leser dieser Zeilen nicht verhindert: Wenn schon Papst inkognito und exklusiv und nur mit Worten beschrieben, werden manche denken, dann bitte Sankt Peter oder Lateran oder Santa Maria dei Miracoli als Kulisse oder ordentlich schwelgen im Barock! Können Sie Ihren Bericht nicht umschreiben, den Winter streichen, den Frühling feiern, blauen Himmel statt eines geschlossenen protestantischen Raums? Und wenn Sie gerade dabei sind: Kirchen sind sowieso eine Zumutung, können Sie für Ihre Begegnung nicht eine fotogene Ecke auf dem Forum oder in den Caracalla-Thermen wählen? Gehen Sie doch auf den beliebten Pincio mit Fernblick und Abendsonne, können Sie den verkleideten Papst nicht dort auf einer Parkbank treffen?

Wenn ich bei der Wahrheit bleiben will, muss ich auf solche Ausflüge, auf hübsche Postkarten mit Abendrot und auf die Bedienung von Erwartungen und die Lieferung von Fertigbildern verzichten. Nicht ich habe den Schauplatz ausgesucht. Was kann ich dafür, dass es den Papst bereits zum zweiten Mal in diesen Raum gezogen hat, da kann ich ihn nicht nach Santa Maria della Vittoria versetzen. Und ich muss so genau wie möglich berichten, was ich gesehen, gehört, empfunden und gedacht habe, ehe es zum Höhepunkt dieses

Tages, zur Sensation des Jahres kam. Gern hätte ich den Ort gewechselt, den protestantischen Innenraum mit einem katholischen getauscht, aber der alte Herr mit dem weichen, müden Blick blieb fast regungslos auf der Marmorbank sitzen. Wenn ich bei der Wahrheit bleiben will, kann ich nur von dieser vergleichsweise biederen Kirche erzählen, von der es nicht viel zu erzählen gibt, ein Produkt der letzten wilhelminischen Jahre mit viel Marmor und angestrengter Mosaikpracht, nicht hässlich, aber wenig Aura, kaum Geschichte, keine Narben.

Die sehgierigen Augen konzentrierten sich also auf die Hände, wie es der Archäologe gelernt hat: erst das Gesamtbild aufnehmen, dann behutsam Schicht für Schicht freilegen, in diesem Fall von den Fingern zur Hand, von den Fingern zur Manschette, zum Ärmel, dann Haltung, Färbung, Falten. Weitere Schlüsse ziehen auf den Fund und die Schichtung, diesmal ohne Zentimetermaß, Protokollheft, Zeichenstift, Bürste und Pinsel, nur mit Augenmaß und Phantasie, Schritt für Schritt, beginnend mit der linken Hand auf dem linken Knie. Ein Archäologe gräbt ja nicht aus, das ist ein Irrtum, lehrte mein Professor im ersten Semester, ein Archäologe macht den Blick frei.

Schreibhände, dachte ich, natürlich, das sind Schreibhände, die rechte vermutlich die Schreibhand, die linke die assistierende Papierfesthaltehand, schmale, mächtige Hände, die mit dem, was sie unterschreiben oder nicht unterschreiben, viel bewirken können, mit drei, vier Tintenschleifen unter Briefen, Dekreten, Bullen, Enzykliken oder was sonst im Arsenal päpstlicher Befehlsgewalt und Deutungshoheit zu finden sein mag. Nicht wenig Macht, um die eine oder andere Seele zu stärken und das Elend im einen oder anderen afrikanischen oder südamerikanischen Herrgottswinkel abzumildern. Aber das wollte ich mir nicht ausmalen, und noch ehe die Phantasie mich kitzelte, was eine Unterschrift von dieser Hand alles ändern könnte, gab ich mir den Befehl: Fang bloß nicht mit dem Blödsinn an zu fragen, was du tun würdest, wenn du König, wenn du Kanzler, wenn du Papst wärst! Mit Mühe gelang es mir, solche kindischen Allmachtsspiele abzuwehren, doch je mehr ich mich, auf der harten Kirchenbank sitzend, anstrengte, den Verlockungen einer gedanklichen Amtsanmaßung zu widerstehen und die Souveränität des Vatikans nicht anzutasten, desto heller drängte sich das Bild meiner italienischen Schwägerin aus Köln auf, die einmal gesagt hatte: Wenn ich Päpstin wäre.

Wenn ich Päpstin wäre, hatte Monica gesagt, dann würde ich dem Erzbischof von Köln und seinen Domherren nahelegen, sich ein Herz zu nehmen oder Reue zu zeigen und den Schrein der Heiligen Drei Könige nach Mailand zu bringen. Der Erzbischof müsste nicht mal ein Herz haben oder Reue heucheln, hatte sie gesagt, er könnte das auch aus politischem, europapolitischem, katholischem Kalkül, aus Marketinggründen betreiben und die vor achthundert Jahren geraubten Heiligen Drei Könige in das einst von Friedrich Barbarossa geschändete und ausgeraubte Mailand zurückbringen, einfach mal für die nächsten achthundert Jahre. Ein Spektakel der Versöhnung und Vereinigung, wenn die Kölner die Reliquien freiwillig anböten, hatte Monica gesagt, das wäre nicht nur im Sinn aller italienischen und europäischen Patrioten, das wäre wirklich mal eine große katholische Geste, und nebenbei würden die Deutschen in der allgemeinen Hochachtung steigen, das könnte zu einer entscheidenden Verbesserung der verkrampften deutsch-italienischen Beziehungen führen, hatte die tüchtige Katholikin, die italienische Kölnerin gesagt.

Ich versuchte mir die Hände beim Unterschreiben einer solchen Anweisung oder Anregung vorzustellen und dachte gleichzeitig an das heitere Gesicht der Schwägerin. Wenn du Päpstin wärst, hatte ich gefragt, was kann ich dafür tun, dass du Päpstin wirst? – Ach, so eine Rückgabe, hatte sie gesagt, ist doch immer noch zu bescheiden, zu brav gedacht. Im einundzwanzigsten oder zweiundzwanzigsten Jahrhundert wird man hoffentlich ein bisschen christlicher, ein bisschen freier sein dürfen und nicht mehr so fundamentalistisch wie früher, wie heute. Wenn ich Erzbischöfin wäre, würde ich sagen: Wir brauchen die drei Könige nicht mehr, es sind sowieso nicht die drei Könige. Ich würde zum Mailänder Kollegen sagen: Wir wissen beide, was Sache ist, Herr Kollege, in der Bibel steht kein Wort von den Königen, nur Matthäus beschenkt uns fast hundert Jahre danach mit der hübschen Geschichte von den drei Magiern. Wir glauben natürlich trotzdem an diese Könige, aber auch wir wissen nicht, wohin sie zogen, was aus ihnen wurde, in welchen Ecken des Morgenlandes sie starben. Wir wissen nur, dass unsere fleißige Helena, die achtzigjährige Sammlerin Tausender von Reliquien, auch die Magierknochen hübsch beieinanderliegend mitten in Palästina irgendwo zwischen Jerusalem und Bethlehem dreihundertfünfzig Jahre später mit sicherem Gespür identifiziert hat. Früher, Herr Kollege, würde ich sagen, hatte Monica gesagt, brauchten wir diesen faulen Zauber mit den Zauberern und der heiligen Täuscherin Helena, die aus guten Gründen an einem der vier Hauptpfeiler in St. Peter steht, wir brauchten ihn früher für unsere undisziplinierten und tumben Gläubigen und als Stadtentwicklungsprogramm, meine Herren Vorgänger in Köln, Ihre Herren Vorgänger in Mailand. Wir Kölner jedenfalls sind stark und fromm genug, dass wir solchen, wir sind unter uns, Schwindel nicht mehr brauchen. Nehmen Sie diesen Schrein, nehmen Sie ihn für die nächsten achthundert Jahre, Herr Kollege Erzbischof, und machen Sie damit, was sie wollen. Aber lassen Sie uns mit der Übergabe ein großes Fest katholischer Mildtätigkeit veranstalten und ein Fest der Abkehr vom Fundamentalismus.

Und das Gold an der Kassettendecke von Santa Maria Maggiore, willst du das auch an die Erben der abgeschlachteten Inkas und Azteken zurückgeben, hatte ich sie gefragt. – Nein, ich wäre wie jeder gute Papst ein Lokalpatriot. – So erinnerte ich die Rede der italienischen Kölnerin, die inzwischen ihrem Traumberuf nicht nähergekommen war, und spürte wieder, wie lustig es werden konnte, die Geschichte mit Was-wäre-wenn-Phantasien zu verdrehen und aufzumischen und sich auf die abschüssige Bahn solcher Gespinste treiben zu lassen. Ich nahm mich zusammen und versuchte, die Einbildungskräfte zu bremsen und die Päpstinnen und Erzbischöfinnen aus meinen Hirnströmen wieder hinauszukomplimentieren.

Die Orgel verstummte, ich hatte kaum hingehört, es waren eher dünne Harmonien gewesen, nichts aus dem üblichen Repertoire Bach, Buxtehude, Telemann. Ein dunkel, aber nicht mit einem Talar bekleideter Herr trat hinter das Mikrofon, gab bekannt, dass heute der Sonntag Estomihi gefeiert werde, übersetzt «Sei mir ein starker Fels», der Anfang eines Psalms mit der Nummer soundsoviel, und er begann diesen mit schleppender Stimme vorzulesen. Sei mir ein starker Fels, rief er, und seine Worte mischten sich sofort mit den andern Puzzleteilen und Mosaiksteinchen, mit den Bildern dieses Nachmittags, die mir durch den Kopf flogen: die weißen Hände des alten Herrn auf der Marmorbank, die Gemälde der nackten Frauen und die Felsenmetapher des Psalmisten, die marmornen Hände Byrons und des tanzenden Satyrs und die Hand Apolls auf Daphnes Bauch, die unsichtbare Mafia in der Via Veneto und die sichtbare sizilianische, kalabrische und neapolitanische in beiden Häusern des Parlaments, dazu die Dame mit dem Hündchen in der Villa Borghese, die heiligen Könige von Mailand, die eben verstummten Orgeltöne und das Vogelgezwitscher in den Akazien draußen. Nach der ersten Befangenheit, ausgelöst durch den Mann mit dem weltbekannten Gesicht, gefiel es mir immer besser, einfach sitzen zu können, die simultane Schau auszukosten und all diese farbigen Mosaiksteine durch die Nervenzellen des Gedächtnisses wirbeln zu lassen, zu mischen, zu wenden und neu zusammenzustellen.

Die Blicke der Leute in den Reihen vor mir waren nach vorn gerichtet, wo der Psalm verlesen wurde, und nicht auf den bedeutenden Herrn in der letzten Reihe. Sein Gesicht wirkte im Halbhellen des hinteren Kirchenraums wie beschattet, nur weil es nicht wie gewöhnlich von der Sonne oder Scheinwerfern ausgeleuchtet war. Der Papst wollte nicht auffallen. Mir war nicht klar, ob die anderen ihn schon entdeckt hatten oder nicht, ob sie gleichgültiger taten als ich oder ergriffener waren von dem, was die Orgel ihnen gegeben hatte, oder von dem, was sie jetzt zu hören bekamen. Bislang waren keine Lieder gesungen, keine Gebete gesprochen, keine Liturgiesätze gemurmelt worden, aber es schien niemanden zu irritieren, dass an diesem Sonntag zu ungewöhnlicher Frühnachmittagsstunde die Rituale irgendwie verändert waren. Der Stimme des Mannes, der den Psalm von Felsen und Burgen und Festigkeit aufsagte, gelang es nicht, mich zum genaueren Zuhören zu animieren.

Ich blieb konzentriert als Beobachter der Schreibhände, die so viel bewegen könnten auf der Welt und sich jetzt nicht bewegten, und hatte gleichzeitig die linke Hand des Apoll vor Augen, des Verführers, des Möchtegern-Vergewaltigers. Die berühmte Skulptur, gemeißelt, geschlagen, geschliffen während des Dreißigjährigen Krieges, als Rom kräftig mitwirkte, Deutschland zu vergewaltigen – eine der sonderbaren Gleichzeitigkeiten, eine der Quizfragen ohne Antwort: Was haben Apoll und Daphne mit dem Dreißigjährigen Krieg zu tun? Hände, die sogleich die nächste Frage weckten, ob es richtig war, was ich mir gemerkt hatte, dass weder die Schreibhände des zehnten Innozenz, die Velázquez gemalt hatte, noch die seiner Nachfolger den Westfälischen Frieden von 1648 unterzeichnet und anerkannt hatten, die römische Kirche folglich seit mehr als dreihundertfünfzig Jahren mit den Deutschen im Kriegszustand lebte.

Da tauchte, da platzte die passende Erinnerung auf – endlich wusste ich, weshalb ich schon in der ersten Sekunde unserer distanzierten Begegnung gedacht hatte: die Hände, was ist mit den Händen? Nun begriff ich, warum ich so fixiert darauf war. Schon einmal hatte ich meine Einbildungskraft auf sie gerichtet, gerade ein halbes Jahr war das her, als ich, vor dem Fernseher, lange überlegt hatte, ob diese Hände, ob die rechte päpstliche Hand, ich vermutete stets einen Rechtshänder in ihm, noch zu einer Ohrfeige fähig wäre. Oder zu einem Zucken, das, unbeherrscht fortgesetzt, zu einer Ohrfeige führen könnte oder wenigstens zu einer spontanen, sofort wieder abgebremsten Bewegung. Oder ob die Würde des Amtes oder die Müdigkeit des Alters oder eine schwer in den Gliedern wuchernde Mutlosigkeit nicht nur jeden solcher Reflexe verboten, sondern auch den bloßen Gedanken an solche Reflexe eingeschläfert hatte.

Ein halbes Jahr zuvor, als der Öldiktator von der anderen Seite des Meeres nach Rom gekommen war, zum vierten Staatsbesuch innerhalb eines Jahres, um mit dem hier regierenden Diktatorenfreund die unverbrüchliche Freundschaft zu feiern und Geschäfte abzuschließen, schwer durchschaubare Staatsgeschäfte und Privatgeschäfte, als der Öldiktator und islamische Laienprediger das Christentum und die Kirche in burschikoser Art verhöhnt hatte, die selbst einem anständigen Ketzer zu weit ging, da hatte ich, vor dem Fernseher sitzend, an eine impulsive Bewegung der päpstlichen Hände denken müssen. Eine Ohrfeige nicht für den Gast, das gehörte sich nicht, sondern für den Gastgeber, der seinen Kumpel aus der Wüste von morgens bis nachts vor Mikrofonen und Kameras mit Komplimenten überschüttete.

Wie hatte der Mann, der neben mir auf der Marmorbank saß, vor einem halben Jahr die Nachricht aufgenommen, überlegte ich jetzt noch einmal, dass der regierende libysche Hurenbock anlässlich seines Staatsbesuchs beim regierenden italienischen Hurenbock, wie man sagen musste, wenn man die Sprache der Selbstzensur und der Diplomatie meiden und sich die Nähe zur Wahrheit leisten wollte, zehn Busse voll junger Mädchen gemietet und in den Garten seiner Botschaft vor sein Zelt bestellt hatte? Schön und verschwiegen hatten sie sein müssen, hieß es, und mit achtzig Euro zufrieden für die Statistenrolle bei einer Koranlektion, die ihnen der Diktator persönlich erteilt und drei der jungen Mädchen, mit oder ohne Geldbeihilfe, dazu gebracht hatte, zum Islam zu konvertieren.

Nicht allein diese Mission und die Konversion selbst dürfte den Papst und seine Berater aufgeregt haben, sondern, so schätzte ich, die neue Form religiöser Prostitution, die Tatsache, dass sich in der Hauptstadt der Christenheit auf Anhieb einige hundert junge Frauen fanden, die sich für den Preis eines Töpfchens Tagescreme und eines Lippenstifts als Komparsen für das Anwerbungsgeschwätz eines predigenden Wüstlings hergaben. In den päpstlichen Gemächern, stellte ich mir vor, mussten die uralten Fragen wieder aufgestiegen sein: wie heilig die heilige Stadt Rom noch, wie sündig das Sündenbabel am Tiber schon sei, wie bedrohlich die Statistik, dass in dieser Stadt nur noch die Hälfte aller Kinder getauft und bald jede zweite Ehe ohne den Segen der Kirche geschlossen wird. Wie schaut man von so hoher Warte darauf, dass nun die dümmsten Gänse für ein Linsengericht ihre Religion, sofern sie eine haben, freiwillig zum Gespött machen lassen. Und dabei dürfte ein Papst noch das Glück haben, nur unzureichend informiert zu sein über das römische Babel, wo Scharen dreizehnjähriger Mädchen von ihren Eltern in Schönheitskliniken geschickt werden, um ihnen marktgerechte Gesichter schneiden zu lassen, und wo es nicht selten vorkommt, dass Mütter arbeitssuchender junger Frauen sich selbst oder ihre Töchter den Chefs oder Personalchefs anbieten oder aufdrängen, um mit Hilfe des einen oder anderen Geschlechtsakts, wahlweise mit der Jüngeren oder der Reiferen, die Ausstellung von Arbeitsverträgen voranzubringen.

Was ihn noch mehr als die Trauer über die massenhafte Käuflichkeit der einst katholischen Menschen erregt haben dürfte, wird, dessen war ich sicher, eine Art Zorn gewesen sein, dass ein arabischer Herrscher und Koranprediger in die Hauptstadt der Christenheit einfliegt und, nah beim Vatikan, sich zu der Frechheit aufschwingt, das Christentum für unbedeutend zu erklären und Europa aufzufordern, sich zum Islam zu bekehren. Und diese Botschaft grinsend verkündet, urbi et orbi, vor fünfhundert gemieteten jungen Frauen und gierigen Kameras und Mikrofonen. Einige Kirchenvertreter, wenige Zeitungen hatten diese Frechheit kritisiert, nicht aber die Redakteure der Zeitungen und Kanäle des regierenden Fernsehdespoten. Seine Politiker bis hinunter zum Simplifizierungsminister hatten die Sätze gehört und, teils etwas gequält, teils achselzuckend, aber ohne Widerspruch hingenommen, um den Öldiktator nicht zu verstimmen und die Gewinne beim Autobahnbau, beim Waffenverkauf und der Installierung digitaler Netze in Libyen nicht zu gefährden. Sie hatten den religiösen Eifer des Gastes als Folklore abgetan, während die regierungsfrommen Fernsehanstalten und Zeitungen die Freundschaft und Eintracht zwischen dem Diktatorenfreund und dem Diktator feierten.

Damals, im August 2010, hatte ich zum ersten Mal gedacht, woran ich nun mit besserem Augenschein wieder anknüpfen konnte, ob einem Menschen wie dem Papst nicht manchmal die Hand zuckt, ob nicht doch ein Impuls in ihm wach wird, sich zu wehren und dem regierenden Heuchler, dem Gastgeber des kritiklos gefeierten Ölverkäufers und islamischen Laienpredigers, wenn schon keinen Faustschlag, dann eine Art Ohrfeige zu verpassen oder zu diktieren oder wenigstens die Untergebenen, die Bischöfe oder Pressesprecher, eine kleine, gut abgefederte und ausgewogene verbale Ohrfeige diktieren zu lassen und die Schreibhände einmal dafür zu nutzen, sich gegen die gröbsten Frechheiten zu verteidigen.

Gibt es das, überlegte ich nun wieder, dass ein alter, hochwürdiger Mann nach einem solchen musterhaften Aufstieg in den höchsten ihm erreichbaren Rang sich noch von einem gezähmten Zorn rütteln lässt und den natürlichen Reflex spürt, still für sich die Faust zu ballen oder einen Backenstreich auszuteilen wenigstens in Gedanken? Verbietet ihm die Angst vor der Todsünde Zorn auch das Zucken im Arm? Erstickt die Furcht vor der Sünde der Formlosigkeit jeden Impuls dieser Art schon im Keim? Oder muss die von mir vermutete Empörung oder die müde Idee an eine Empörung in den Wattekissen der Diplomatie versinken und in Hinterzimmervereinbarungen oder vagen Kommuniquéfloskeln sich auflösen? Wie lange muss, wie lange kann einer wie er die andere Backe hinhalten und still bleiben trotz des von ihm selbst abgesegneten Stillhalteabkommens? Trotz der Allianz seiner italienischen Bischöfe mit dem regierenden Haremshäuptling zum Nutzen und zur Schonung beider Seiten – sie funken ihm nicht dazwischen beim kriminellen Wirtschaften und bei privaten Vergnügungen, er erspart der Kirche Steuern und schenkt ihr Schulen, Lehrer und die ihr passenden Gesetze.

Ja, es hatte mich damals vor dem Fernseher eine sonderbare Sympathie, ein kurzes, aufrichtiges Mitleid mit dem päpstlichen Mann erfasst: Was macht er, wenn ihm die Hand zuckt? Sind ihm die Hände gebunden? Oder fühlt er sie nur gebunden? Welche Mittel hat er gegen einen der Kirche nützlichen und doch nur an sich selbst denkenden und sich selbst feiernden Gotteslästerer, der bei der Gründung seiner mafiafreundlichen Partei sich auf den Heiligen Geist berufen hatte, sich selbst als Jesus Christus der Politik hinstellte und den Diktator Russlands als Geschenk Gottes verehrte?

Ich wusste es damals nicht, ich wusste es jetzt nicht, als ich den alten Herrn mit dem milchig-violetten Gesicht bescheiden im Hintergrund sitzen sah, in echter oder gut gespielter Bescheidenheit, nur durch die Marmorbank etwas herausgehoben. Aber ich war sicher, dass er und ich, ein niepensionierter Kleriker und ein frühpensionierter Archäologe, trotz tausend Gegensätzen und Meinungsverschiedenheiten, damals im August, vielleicht nur dies einzige Mal, den gleichen Gedanken gehabt hatten: Wenn ein christlicher Staatschef aus einem europäischen Land in Tripolis aufträte und an fünfhundert junge Männer oder Frauen die Bibel austeilte und forderte, Arabien, Afrika müsse christlich werden, oder gar in Mekka eine solche Show abzöge, denn Rom kann hier nur mit Mekka verglichen werden, und ausriefe, Arabien solle bitte schön zum Katholizismus übertreten – er würde gesteinigt oder auf andere Art massakriert oder bestenfalls verjagt werden mit kriegerischen Folgen.

Der aber, der missionierende Staatsgast, war ausdrücklich gelobt worden vom Außenminister seines italienischen Freundes und Geschäftspartners, solche folkloristisch-witzigen Bemerkungen über die Islamisierung Europas solle man nicht so ernst nehmen, Italien sei von dem ehrbaren Diktator immerhin gepriesen worden als das einzige Land Europas, das den

Kolonialismus überwunden habe. So hatte es der Minister verkündet am Ende des denkwürdigen Staatsbesuchs, an den mich die entspannten, friedlichen und zum Austeilen von Ohrfeigen offenbar wenig geeigneten Hände erinnerten.

Einmal auf dieser Gedankenbahn, stiegen die Bilder von den Pferden wieder auf, dreißig reinrassige Berberpferde, die der Diktator hinter sich hatte herfliegen lassen, wie überall zu lesen war. Neben den Pferden der Außenminister mit dem Pferdegesicht, einer der intelligenteren Knechte des Fernsehkönigs, dem er als Justizminister Prozesse vom Hals geschafft, als EU-Kommissar die Kritik aus Brüssel umgebogen hatte und der nun den diplomatischen Mantel um Öl und Autobahnaufträge, Bankaktien, Rüstungsgüter und Fernsehbeteiligungen breitete und in die Mikrofone rief: Folklore, wie die herrlichen Berberpferde, das ist doch alles nur Folklore! Und der regierende Kirchenfreund hatte das wiederholt und sich seiner guten Beziehungen zum Papst gerühmt wie immer, wenn er von der einen oder anderen Zeitung oder von Demokraten angegriffen wurde wie bei diesem Diktatorenbesuch mit reiterlichen und missionarischen Höhepunkten, bei denen ich an leidende, geduldige oder zuckende päpstliche Hände hatte denken müssen und zum ersten und einzigen Mal etwas Mitleid hatte mit dem alten Mann, dem vor lauter Macht die Hände gebunden waren.

Die Pferde, reinrassige Berberpferde, wie es immer hieß, es gefiel mir, dass sie gerade jetzt, als ich auf einer harten Kirchenbank saß, zwischen die Gedankensplitter sprangen. Sie drängten die Schönen aus der Galleria Borghese fort, der Dichterlord, die Mafia-Clans, die römischen Hunde wichen zurück: Nun beherrschten sie das Bild, die fliegenden, die sportlichen Paradepferde, die der Diktator aus Libyen in zwei Flugzeugen mitgebracht hatte, damit sie vor dem Staatsbankett, das wegen des Ramadan erst nach Sonnenuntergang begonnen hatte, den achthundert Gästen und Geschäftsfreunden die Show lieferten, die man von prächtig geschmückten Vorzeigepferden erwartet, Traben und Galoppieren in kleineren und größeren, in offenen und geschlossenen Formationen, synchrones und gestaffeltes Springen, all diese Kunststücke kostümierter Reiter und vorbildlich dressierter Pferde, die man bei reiterlichen Festen und auf besseren Pferdemärkten vorgeführt bekommt.

Dreißig arabische Rassepferde und dreißig edel gewandete Beduinen hatte der Verächter des Christentums, der Demokratie und der Menschenrechte aufgeboten, um sich in der Kaserne Salvo D'Acquisto vom Beifall der italienischen Politiker, Unternehmer und Militärs feiern zu lassen. Das regierungsfromme Fernsehen, das zugleich das vatikanfromme Fernsehen war, hatte auch mir und vielleicht sogar dem als Nachrichtenzuschauer bekannten Papst die beiden grinsenden Räuberhauptmänner in der Bildmitte neben beglückten Staatsgästen mit klatschenden Händen unter dem mitternächtlichen römischen Sommerhimmel in schönsten Farben präsentiert.

Ich erinnerte mich, dass mir als Zuschauer der Sendung die Episode mit den arabischen Rassepferden nicht weniger obszön als die Missionssprüche erschienen war, nicht wegen der Kosten oder diktatorischen Marotten, nicht wegen des kindischen Vergnügens der regierenden Liebhaber von Pferdebeinen und Mädchenbeinen, sondern wegen dieser Pferde selbst, die zu politischen Werbezwecken von einem Kontinent zum andern geschafft worden waren. An irgendetwas hatten sie mich erinnert, die aus Nordafrika über das Mittelmeer geschickten Gäule, sie hatten mir keine Ruhe gelassen, und ich hatte damals im August 2010 einige Minuten, vielleicht sogar eine halbe Stunde gebraucht, bis die Synapsen im Gehirn in die richtige Richtung wiesen: Augustinus! Hatte der nicht seine Theorie der Erbsünde mit Hilfe von Bestechung durchgesetzt in Rom, mit dem Schmiergeld von achtzig numidischen Zuchthengsten, per Schiff nach Italien gebracht?

Auch in diesem Bericht über die Minuten mit dem Papst am Sonntag Estomihi will ich mich nicht zum Scheinfachmann für Kirchengeschichte aufspielen. Ich bin Archäologe und ein viertelgebildeter, halb illegal tätiger Nebenerwerbs-Fremdenführer, ich warte immer noch auf das versprochene Patent der Comune di Roma. Mein spärliches Wissen ist angelesen, wie man allzu abfällig sagt, aufgelesen, zusammengelesen, aber immerhin gelesen. Manches habe ich von meiner angetrauten Historikerin Flavia. Viel zu selten gelingt es mir, bestimmte Einzelheiten im Gedächtnis zu behalten, wie diese Einzelheit mit den Zuchthengsten, vor zwanzig Jahren in dem Buch einer Religionswissenschaftlerin über die Theologie der Sünde und der Erbsünde entdeckt.

Pferde, achtzig numidische Zuchthengste, der Preis für das Dogma der Erbsünde! Es ist hier nicht der Ort, die Jugendzeit eines Bremer Beamtensohnes auszuleuchten, aber allgemein darf gesagt werden: Wer viele Jahre mit christlicher Körperfeindlichkeit und augustinischen Sündendiktaten eingeschüchtert wurde, kann sie nicht vergessen, diese Fußnote aus der Kirchengeschichte. Ich vermute, es war die kölnische Schwägerin Monica, die mich auf das Buch hingewiesen hat. Die ganzen unnötigen Qualen der christlichen Menschheit mit der Sexualität sind dem Kirchenvater Augustinus aus Nordafrika, dem Bischof aus Hippo bei Karthago und einem oder zwei Schiffen voll Rössern zu verdanken. Was für ein Blitz der Erleuchtung, was für eine Fügung, was für eine Delikatesse!

Nachdem die Pferde des Öldiktators über den Bildschirm gesprungen waren, hatte ich das Buch über die Erbsünde herbeigeholt und mir noch einmal die Geschichte des Pelagius erzählen lassen. Der hatte, sich auf den frühen Augustinus berufend, ein humanitäres

Christentum haben wollen und damit den Zorn des alten Augustinus auf sich gezogen. Vereinfacht gesagt, meine Damen und Herren, würde ich als Fremdenführer erklären, statt auf Armut und Ethik wollte der spätere Heilige die Kirche auf Reichtum und Macht bauen, eingeschlossen die Macht über die Seelen. Sein Gott will Unterwerfung und nicht, dass alle Menschen selig werden, wie es in der Bibel steht. Komplizierte Streitfragen, die der Meister des Schwarzweißdenkens da lostrat, der Verächter der Frauen und Verteufler des Geschlechtsverkehrs, der zuerst ein fleißiger Liebhaber gewesen war und seine Mätressen hatte, dann, kaum bekehrt und Bischof geworden, die Frauen zu Minderwertigen und den Menschen zum Sündenklumpen erklärte mit der Begründung: Da jeder Mensch in Fleischeslust gezeugt sei, fleischliche Begierde schon mit dem Samen übertragen werde, müsse folglich die ganze Menschheit bereits im Mutterschoß mit dem Makel der Sünde behaftet sein, jeder habe in Adam mitgesündigt.

Nun hatte ich einen Fachmann zur Seite, etwas entfernt auf der Marmorbank, und schon juckte mich die Fragsucht: Dass Ihr großer Heiliger im Schwung dieser Logik sogar die Ehe diffamiert und die Prostitution verteidigt hat, damit die Gewalt der Leidenschaft nicht alles über den Haufen werfe, haben Sie das noch im Kopf, hätte ich, wenn es nicht unverschämt gewesen wäre, den alten Herrn gern gefragt, der in letzter Instanz zuständig war und öffentlich diesen Heiligen zu seinem Vorbild erkoren hatte. Er saß in Hörweite neben mir, es war nicht klar, ob er der Psalmlesung mit den Felsen lauschte oder meditierte oder döste, es wäre eine einmalige Gelegenheit für einen kleinen Disput gewesen.

Aber ich traute mich nicht, ich hielt mich zurück, eben noch hatte ich Mitgefühl mit ihm verspürt, weil er unter der Unverschämtheit des Öldiktators und dem kumpelhaften Schweigen des regierenden Schwätzers gelitten haben musste, da wollte ich nicht den Eindruck von Frechheit machen, obwohl ich die Frage keineswegs frech meinte, ich war einfach nur neugierig, wie es in seinen Kreisen um die Kenntnis und das Erinnern historischer Details bestellt war. Über uns die muskelstarke, aus Mosaiken gefertigte Jesusgestalt, die mit der linken Hand das Buch mit dem Alpha und Omega festhielt, die Bibel, die nach Ansicht der meisten Theologen bis auf einen vieldeutigen Paulus-Halbsatz nichts zur Theorie der Erbsünde hergab. Ich fühlte mich weder ängstlich noch frech, ich wollte nichts beweisen und nichts widerlegen, ich konnte nur meine Neugier nicht abstellen und rührte mich nicht, lauter Pferde vor Augen, Berberpferde und ihre Vorfahren, numidische Hengste, die auf ihren Auftritt warteten.

Haben Sie das noch im Kopf, hätte ich den höchsten oder jeden anderen Kleriker fragen können, mit welchen Argumenten Pelagius das Konzept Erbsünde für fragwürdig erklärte, das Konzept, mit dem Augustin, vereinfacht gesagt, die bis dahin gültige christliche Lehre auf den Kopf stellte und Gott zu einem Sadisten beförderte, der nichts als Sünder geschaffen hatte, die trotz ihrer Taufen und Bekenntnisse bestraft werden mussten? Die ganze Menschheit dafür zu verdammen, dass die beiden ersten Menschen der Sage nach ein Verbot übertreten haben, diese Theorie passt schlecht zu der Theorie von Gottes Gerechtigkeit, oder was meinen Sie? Ein kompliziertes Gelände, auf dem die Theologen aller Fraktionen bis heute herumeiern und Purzelbäume schlagen. Sie sind der Fachmann, hätte ich sagen können, stimmen Sie nicht auch der Bibel zu, dass die Schöpfung gut so ist, wie sie ist, und der Mensch gedacht als Ebenbild Gottes? Genau das hat Pelagius gesagt und offenbar die Mehrheit der denkenden Christen damals, es gab Polemiken, Kämpfe, sogar Straßenkämpfe in Rom um diese Fragen.

Historische Details blitzten, vor einem halben Jahr aufgefrischt, in klaren Bildern auf. Und ich hörte mich sagen, als wollte auch ich mich in der Disziplin des Purzelbaumschlagens hervortun: Augustinus ließ seinen Gegner, der ein ethisches, humanistisches Christentum wollte, zum Ketzer erklären und vom Papst exkommunizieren, erinnern Sie sich? Es war völlig unnütz, dass ich, ein lächerlicher Fremdenführer, den großen Pelagius zu verteidigen begann, ich tat es trotzdem, weil es mich gerührt hatte, dass er damals nicht gehört worden war und darauf eine Verteidigungsschrift an den Bischof von Rom, den Papst schickte.

Der starb jedoch, bevor sie ihn erreichte, und sein Nachfolger (das musste ich beim Schreiben dieses Berichts nachlesen: Zosimus) prüfte die Schrift, sprach Pelagius frei, rehabilitierte ihn in allen Punkten und mahnte Augustinus und seine nordafrikanische Fraktion, die Sektiererei mit dem Erbsündenkrampf zu beenden, in Liebe zu handeln und den Frieden nicht zu stören.

Papst Zosimus, hätte ich fortfahren können, versuchte Augustinus zu zähmen, erinnern Sie sich? Und was tat er, der noch nicht Heiliggesprochene? Er tobte und hielt sich nicht an das Gebot, das bis heute die päpstliche Macht begründet: Rom hat entschieden, Ende der Debatte, Roma locuta, causa finita. Nein, das Dogma des Basta!, das er selbst erfand und das bald auf diese vier Wörter verkürzt wurde, das predigte er erst, als es ihm passte, nach dem Erfolg seiner Bestechungsaktion.

Nun bekamen die Hengste ihren großen Auftritt in der Weltgeschichte. Der schlaue Bischof fügte sich Rom nicht, sondern wandte sich an den Kaiser (ich musste auch das nachlesen: Honorius), in jener Zeit der wahre Kirchenchef, seinerseits abhängig von seinen Heerführern und ehrfürchtig vor Augustinus, dem Freund der kaiserlichen Familie. Heerführer, alte Haudegen, Kavallerieoffiziere lieben Rassepferde, ein numidischer Zuchthengst war der Ferrari jener Zeit, überdies ein Ferrari, der neue Ferraris zeugte. Also schickte, wir schreiben das Jahr 418, Augustinus einen Vertrauten,

Bischof Alypius, mit achtzig numidischen Hengsten über das Meer bis vor Ravenna, in welchem Semester lernen das die jungen Theologen? Prompt erließ der Kaiser ein Edikt gegen Pelagius, verbannte ihn und seine Anhänger aus Rom und zwang den Bischof von Rom, den Papst, der noch nicht die spätere Papstautorität hatte, zu einer Verdammung der Pelagianer, ich fasse es kurz, Sie kennen die Kirchengeschichte besser als ich. Ein Handstreich, alle Bischöfe mussten zustimmen, wer sich wehrte wie Julian von Eclanum, wurde abgesetzt, als Ketzer exkommuniziert und verbannt, die Schriften verbrannt, und die Erbsünde wurde Gesetz und als Gnadenlehre verkauft, Augustinus musste die Hengst-Aktion nicht einmal dementieren.

Ein Schlüssel für das Abendland: Pferde, die dunkle, gestriegelte Schönheit und die rhythmische Eleganz von achtzig mal vier rennenden, springenden, trabenden Pferdebeinen. Besterzogene Gäule als Preis für die Grausamkeit und Willkür der Gnadenlehre, wie man sagen könnte, den tiefen Witz der Sache auskostend. Der Blick in die Abgründe des frühen fünften Jahrhunderts hatte sich gelohnt, ich war überrascht von dem finsteren Gottesbild und dem tiefpessimistischen Menschenbild eines Kirchenvaters, der alle andersdenkenden Christen und milder gestimmten Gemeinden zu Feinden und Teufeln erklärt und aus der Kirche verstoßen lässt, bis fast keine Christen mehr übrig bleiben in seinem Machtbereich.

Schon nach dem Staatsbesuch, als die Berberpferde des Öldiktators über die italienischen Bildschirme getrabt und galoppiert waren, hatte ich mich gefragt, was ich mich jetzt, nach der durch die Hände des Papstes und die nicht gegebenen Ohrfeigen belebten Erinnerung an die historischen Pferde, wieder fragte: ob es in der an Abenteuern, Intrigen, Betrügereien so reichen Kirchengeschichte einen größeren Coup als diesen gegeben hatte mit Folgen für jede Frau, jeden Mann aus den christlichen Ländern. Allen dürfte der edle Heilige mit seiner Sündentheorie in die Jugendjahre hineingepfuscht haben, da mehr, da weniger, kein Lebenslauf seit gut anderthalbtausend Jahren, den er nicht beeinflusst oder erschwert hätte, wie klug und tiefsinnig er auch sonst gewesen sein mochte. Viele Fragen, die an Experten zu richten wären, und nun saß ich unverhofft neben einem, der mich mit seiner Stummheit anregte, aus jeder Frage neue Fragenbündel schießen zu lassen.

Doch es war ein einseitiges Gespräch, ein Selbstgespräch, das ich unter der Mosaikdecke führte, und ich dachte, dass es vielleicht fairer wäre, solchen Disput dem alten Herrn nicht gerade bei einem seiner seltenen auswärtigen Auftritte, überdies unter protestantischem Dach, zuzumuten. Die Phantasie war sofort kompromissbereit, ich stellte mir vor, mit dem Papst und seinen Begleitern an anderem Ort zu sitzen, in der Frühlingssonne auf den oberen Treppenstufen vor Sant'Agostino in Campo Marzio, vor dem Tempel des Heiligen mit den Zuchthengsten. Die Phantasie zielte genau dahin, wo ich vor Jahrzehnten eine halbe Nacht lang mit jener Sandra oder Alessandra geredet hatte, die, da war ich jetzt sicher, der Dame mit dem hysterischen Amore-Hündchen aus der Villa Borghese in keiner Weise ähnlich war. Die alternde Schönheit kam mir wahrscheinlich nur in den Sinn, weil sie die Frage provozierte, wie das Dogma der Erbsünde auf eine Frau wie sie gewirkt und ihr Leben verbogen haben mochte, dass sie die höchste, die kühnste, die seligste Anrede, die Menschen sich geben können, ihrem Kläffer verpasste: Amore!

Hundeliebe, Erbsünde, himmlische Liebe, ich versuchte ernst zu bleiben und hörte mich zu den schwarz gekleideten Männern sagen: Schauen Sie nicht so, Sie können doch wirklich nichts dafür, dass Ihr Vorgänger Zosimus vom bestochenen Kaiser erpresst wurde, wer wird denn moralisch werden bei so uralten Geschichten! Mich interessiert ja nur, hätte ich gesagt, wenn ich etwas gesagt hätte, ob Sie das wissen und ob Sie, falls Sie bei Ihrer Augustinus-Lektüre dies Detail wahrgenommen haben oder von anderen darauf gestoßen wurden, die kleine Sünde beim Etablieren der großen Erbsünde als eine lässliche werten. Und ob Sie für solche Fälle einen Satz bereithalten wie: Gott wohnt auch in den Hengsten. Selbst mir war solch ein Spruch eingefallen, als ich, vor Wochen, im Zug durch umbrische Landschaften fahrend, belustigte Blicke auf eine Koppel mit grasenden und Hindernisse eines kleinen Parcours überspringenden Pferden geworfen und mich dann, typisch Archäologe, gefragt hatte, in wievielter Generation könnten sie Nachfahren der afrikanischen Rösser von 418 sein?

Die Pferde trabten langsamer über die assoziativen Bahnen, und ich sah die Hände nun mit etwas anderen Augen: Sie mochten ihre wegweisende, ihre segenstüchtige Macht haben, aber sie hatten nicht die Macht, diese Fußnote, diesen Thriller aus der Kirchengeschichte zu tilgen, und nicht die Macht, den Vergangenheitsfilm zu löschen, den die Gäule des Öldiktators in meinem Kopf in Schwung gebracht und bis ins fünfte Jahrhundert zurückgespult hatten. Die Hände, sie konnten Bücher verdammen, sie konnten Historiker entlassen oder bestimmte Forschungen befehlen oder verbieten, Meinungen lenken und das Denken zu steuern versuchen. Aber sie konnten mich nicht hindern, die Hengste zu einem prächtigen Schlüssel für die Entschlüsselung der Stadt Rom zu erheben. Sie konnten mich nicht hindern, die Gedankenströme fließen zu lassen und stratigraphisch, wie wir Archäologen sagen, den Boden unter den Fundstücken, den dreißig und den achtzig edlen Pferden, Schicht für Schicht zu erfassen und unter jeder Oberfläche neue Schichtfolgen aufzuspüren, abzugraben und aufzuzeichnen. Der Spaten ist klüger als der Archäologe, auch ein Spruch aus dem ersten Semester.

Diese Hände konnten mich nicht hindern, je nach Laune und Einbildungskraft, weiterzudenken und weiterzugraben, um Bild für Bild, Szene für Szene zu würdigen, was ich, gelernter Maulwurf, Steinchenzähler, Scherbenpinsler, bei meiner Feldforschung sah: Achtzig geschniegelte, gestriegelte, dressierte arabische Vierbeiner mit achtzig mächtigen Penissen sorgen dafür, dass die christliche Menschheit anderthalb Jahrtausende lang nicht in so lockerer Lust, Verantwortung und Liebe ihre Geschlechtsorgane gebrauchen darf wie beispielsweise die buddhistische, die islamische, die jüdische oder die hinduistische Menschheit. Auch die haben ihre Probleme, aber uns will man die zentrale Triebkraft nehmen, die schöne Triebkraft Eros, die stets erneuerbare Energie Eros, die höchste Stufe der zivilisierten Menschen, verkauft für ein paar edle Gäule in Ravenna, verschenkt an ein paar Heerführer vor eintausendsechshundert Jahren. Achtzig prächtige Zuchthengste, und wir schuldbeladen, Sündenklumpen bis in alle Ewigkeit. Wenn das kein Grund für göttliches Gelächter ist: Uns sollen Lust und Genuss eine Sünde sein und der Gebrauch bestimmter Organe nur zum Zweck der gefühlstoten Züchtung des sündenbeladenen Nachwuchses gestattet, während achtzig afrikanische Zuchthengste mit italisch-gotischen Stuten neue Zuchthengste und edelste Stuten zeugten und der Bischof Alypius, der die Tiere an den kaiserlichen Hof gebracht hatte, in den Genuss kam, heiliggesprochen zu werden. Und dem die Lust zuteilwurde, seinen Heiligentag zusammen mit Marias Himmelfahrt feiern zu dürfen.

Immer mehr begann ich mich an der Frage zu vergnügen, wie man als Fremdenführer die Geschichten aus den wunderlichen Vorvergangenheiten nacherzählen könnte, ohne Vorlesungen zu halten. Wie berichtet man von uralten und doch bis ins einundzwanzigste Jahrhundert wirksamen Ereignissen, heute so genannten Skandalen, ohne mit dem nachgeborenen Zeigefinger auf die Eisenfäuste und die plumperen Herrschaftstechniken früherer Machthaber zu deuten? Wie erwähnt man, während die Zuhörer den blaublauen Himmel über ihren Köpfen bewundern, einen vergessenen Pelagius und Julian, ohne sich im irren fünften Jahrhundert zu verlieren? Wie lässt sich in lockerer Rede die Fallhöhe vom hohen Heiligen zum fintenreichen Bestechungskünstler bewältigen? Und der umgekehrte Sprung?

Obwohl ich das für meine Führungen kaum brauchte, nahm ich mir vor nachzulesen, warum im Zeitenbruch um 400 die zuvor verfolgten Christen zu Verfolgern, die Religion der Armen zur Religion der Reichen und Mächtigen wurde und warum das Sündenkonzept des Augustinus dem Staat und der Kirche so gut passten und ob er es auch ohne die Pferdegeschenke durchgepaukt hätte. Ich kannte mich ein wenig bei den Vandalen aus und bei Kaiser Konstantin, nun zielte die Neugier des Archäologen weit über sein Arbeitsfeld hinaus. Ich wusste zu wenig, aber auch ein Fremdenführer muss nicht alles wissen.

Seelenmanagement als Kerngeschäft: Sant'Agostino in Campo Marzio, so der nächste Takt meiner Hirnströme, könnte zur Wallfahrtskirche für Psychologen, Therapeuten, für die weltweite Zunft der mehr oder weniger erfolgreichen Seelenklempner werden. Sie alle, welcher Schule oder Richtung auch immer, verdanken dem Erbsündenkonzept und den zu Sündenklumpen deklassierten Christenmenschen unendlich viel Arbeit, Ansehen und Einkommen. Ein riesiges Touristen-Potenzial, noch völlig unerschlossen, weil die Römer die Wendepunkte der Kirchengeschichte nicht kennen. Massen von gebildeten Leuten wären in die Stadt zu locken und an die Schauplätze zu führen, wo die Tradition der Seelenknechtung, der Verängstigung und der sexuellen Unterdrückung ihren Lauf nahm, wie ein Fremdenführer verkürzend und phrasenfroh sagen darf.

Je fetter und totalitärer solche Dogmen wie die Erbsünde, hatte Flavia erwidert, als ich nach dem Besuch des Öldiktators auf dies schöne Thema gestoßen war, desto leichter kannst du sie ignorieren. Während ich auf der Kirchenbank an sie dachte und sie als Zeugin für die unerhörte Begegnung herbeiwünschte, musste Flavia im Bus nach Mailand sitzen. Das Leben, so bestärkt sie hin und wieder ihren deutschen Gefährten, den Bremer Finanzbeamtensohn, besteht doch gerade darin, Dogmen zu unterlaufen, Ideologien zu äffen, Schemata zu widersprechen. Wir haben damit beste Erfahrungen, wie du weißt, mindestens anderthalbtausend Jahre katholische Herrscher, das schult ganz ordentlich. Aber wie immer, wir übertreiben, übertreiben maßlos, bis wir beim Gegenteil landen. Guck dir nur unsern obersten Sündenklumpen an, der schafft sogar die Sünde ab, der befreit sich von sämtlichen Sündendiktaten und allen Zehn Geboten. Gegen alle Gebote hat er kräftig gesündigt, nur gegen eins nicht, wir wollen fair sein, Mutter und Vater hat er geehrt immerhin. Jedenfalls gibt es nicht viele Gesetze, gegen die er nicht verstoßen hätte.

Der Allgegenwärtige, dem wir viel zu oft den Gefallen tun, ihn zum Gegenstand unseres Geredes zu machen, drängte sich nun noch unverschämter in meine Selbstgespräche, die um die päpstlichen Hände und nicht gegebene Ohrfeigen kreisten. Doch zum ersten Mal stellte sich eine Verbindung her, der regierende Korruptionsmeister, dachte ich, könnte sich auch auf die Hengste des Augustinus berufen: Der hat euch mit Bestechung die Sündenpakete aufgeladen, und ich befreie euch wieder von allen Sünden. Ich bin der heilige Anti-Augustinus, ich verkünde euch: Es gibt keine Sünden mehr! Es gibt keine Strafen mehr! Es gibt keine Schiedsrichter und keine Richter! Ich spreche euch von allen Sünden los, auch ohne Beichte! Ich kaufe euch, so rettet ihr euch! Je mehr ihr an euern Vorteil denkt, Leute, desto freier werdet ihr sein!

Bei den Führungen durch die Stadt sind irgendwann immer ein paar lockere Sätze zum Stichwort Korruption fällig, meistens erledige ich das neben dem Stadtpalast des regierenden Milliardärs. Zugegeben, der Klassiker: Italien und krumme Geschäfte, Sie dürfen gähnen, meine Damen und Herren, Nepotismus, Familiarismus, Klientelismus seit den alten Römern und den Päpsten in allen Jahrhunderten. Schon Cicero predigt vergeblich gegen Korruption, schon Dante steckt die käuflichen, mehr an Macht und Geld denkenden Päpste reihenweise und mit dem Kopf zuerst in die Hölle und kritisiert Konstantin für seine Schenkung, weil er die Kirche reich und korrupt gemacht habe, die Schenkung, sowieso eine Lüge des besitzgierigen Klerus. Heute sind die Zeitungen voll mit Skandalen und Enthüllungen, aber es ändert sich nichts, jede Empörung verpufft nach zwei Tagen. Die Kultur der Käuflichkeit, es gibt sie natürlich überall, aber nicht überall ist sie so hoch entwickelt, verfeinert und verbreitet wie hierzulande.

An dieser Stelle rufen artige Deutsche gern: Klischee! Vorurteil! Alter Hut! Dann hilft die Statistik, Italien derzeit auf dem Korruptionsindex an zweiundsiebzigster Stelle, schlechter als Ruanda und Ghana, ein Platz besser als Georgien, dann hilft der Verweis auf den amtierenden Bestechungskünstler, der für den weiteren Abstieg auf dieser Liste sorgt. In Europa ist man an drittletzter Stelle angelangt, knapp vor Bulgarien und Rumänien. Manche tröstet es, wenn ich sage: Deutschland rutscht auch nach unten, nicht nach oben.

Ein delikater Punkt immer wieder, aber mein Prinzip ist: Ich rede nie schlechter über Italien als meine italienischen Freunde und meine italienische Frau, die ihren Staat sogar einen Schurkenstaat nennt, selbst sonntags im Schatten vor einer Trattoria in den Sabiner Bergen vor einem Teller Bucatini all'amatriciana. Schurken gibt es überall, fügt sie bei Gästen aus Deutschland an, aber ich meine nicht die kleinen Leute, die sich strikte Legalität gar nicht leisten können. Nicht korrupt zu sein setzt einen gewissen Luxus voraus. Ich meine die wohlhabenden Schurken, die gibt es auch überall, aber bei uns werden die, die erwischt werden, nie verurteilt, fast nie. Dafür wird die Minderheit der halbwegs Anständigen und Korrekten, und von diesen Nichtschurken und Antischurken gibt es mehr, als ihr glaubt, von den großen Schurken noch beschimpft als Taliban, Kommunisten, Kriminelle oder Italienfeinde, und das ist der Unterschied, jedenfalls zu den demokratischen Staaten. Und noch schlimmer ist, dass diese Minderheit jede Hoffnung verloren hat, jemals zu einer Mehrheit zu werden.

Flavia, die ich im Bus nach Mailand sitzen sah, beginnt ihre Vorlesungen und Seminare über italienische Geschichte vor Erstsemestern mit dem Satz: Wer von euch Eltern hat, die keine Steuern zahlen oder zu wenig Steuern, also nichts für Straßen, Schulen, für die Heizung in diesem Hörsaal, für das Wegspülen eurer Fäkalien und für mein Gehalt bezahlen, der möge bitte den Raum verlassen, ich warte zwei Minuten.

Es gibt immer ein Drittel der jungen Leute, das nervös wird oder rot im Gesicht und dann tapfer sitzen bleibt. Mehr kann ich nicht tun, die hundertdreißig oder hundertsiebzig Milliarden hinterzogener Steuern pro Jahr kann ich auch nicht eintreiben, aber den Satz behalten sie ein für alle Mal, sagt Flavia, die lachende Staatsbürgerin.

Die betrachteten, befragten und inzwischen ein wenig erkundeten Hände verhinderten nicht, dass sich der regierende Schurke auf der Bühne in meinem Kopf immer breiter machte und nicht verscheuchen ließ, der Mann, von dem man nicht reden müsste, wenn er da säße, wo er in jedem anderen Land Europas säße, im Gefängnis. Er ist nicht die Wurzel allen Übels, wird Flavia wieder am Comer See den Ausländern beim Abendessen oder in den Pausen erklärt haben, aber der Beschleuniger allen Übels: Betrug, Bilanzfälschung, Lügen, Radikalegoismus, Privatisierung der Politik und Abschaffung der Gewaltenteilung. Und der kauft, wen oder was käuflich ist, so einfach ist das. Solange er die Mafien auf seiner Seite hat, bleibt er uns erhalten, und er beherrscht den teuflischen Trick, gegen den auch die Exorzisten machtlos sind, sich stets als treuer Sohn der Kirche hinzustellen: «Wir agieren niemals gegen den Vatikan.»

Italien und er sind miteinander einverstanden, sagt mein Freund Antonio, sie lieben sich. Er hat eine Lebensauffassung, die auch die Leute vertreten, die ihn wählen: Was ist das Leben? Man soll es sich gut gehen lassen, möglichst viel an sich denken und nicht an die anderen, nichts für die Gemeinschaft, für den Staat tun, nur die eigenen Bedürfnisse befriedigen, sagt Antonio. Der Geist der Moderne, des Kapitalismus ohne Schranken, hier ist er: den Leuten versprechen, sie reich zu machen, auf Mafia komm raus. Wer gegen ihn ist, hat es schwer: Eine Lüge nach der andern, viele pro Tag und überall, sagt Giuseppe, das ist eine Überschwemmung, man ertrinkt, und versucht man eine zu entkräften und wieder festen Boden zu gewinnen, hat man im nächsten Moment zehn neue Lügen, man kommt nicht hinterher, man resigniert. Wer nicht resigniert wie manche Journalisten, die über das organisierte Verbrechen schreiben, kann nur unter Polizeischutz leben. Ein unerschöpfliches Thema, das alle nur müde macht, tutti siamo stanchi, wie Alberto sagt, weil niemand dreimal am Tag sich empören kann, schon gar nicht vor dem Fernseher.

Auch ich war längst abgestumpft wie meine Freunde und fatalistisch wie ein richtiger Römer und wäre es wohl auch an diesem Nachmittag geblieben, wenn die Hände des alten Herrn nicht die Erinnerung an die nie gegebene Ohrfeige und an die wenig bekannten Zuchthengste und die List des Augustinus wachgerufen hätten, wenn sich nicht die Verbindung von den Sünden des regierenden Showmasters mit der Erbsünde hergestellt hätte, auf eher labyrinthische als auf logische Weise, wie ich zugeben muss. Gerade wenn man die uralten und die aktuellsten Varianten der Bestechungskunst bedachte, musste man den Coup mit der Erbsünde umso mehr bewundern, eine geniale Leistung, genial wie Odysseus mit seinem Trojanischen Pferd. Was aus Troja wurde, weiß man. Aber was aus den numidischen Hengsten wurde, will man gar nicht wissen, weil es so peinlich wie komisch ist: eine Religion, die die große Mehrheit ihrer Gläubigen zur Hölle verdammt.

Bei solchen aufblitzenden Abschweifungen blieb ich milde, ja heiter gestimmt. Ich erwartete keineswegs, die Zeiger der Geschichte zurückgedreht zu sehen wie die eines Weckers. Was vor vielen hundert oder mehr als tausend Jahren im Namen der Kirche oder irgendwelcher Kaiser auf betrügerische Weise, wie man nach heutiger Rechtsauffassung sagen müsste, aus niedrigen oder hochheiligen materiellen Gründen ins Werk gesetzt wurde, das ist bekanntlich das Salz der Geschichte, das sind die Fundamente der Macht. Ein solider Fremdenführer hätte in der Ewigen Stadt nicht viel zu erzählen, nicht so viele Kunstwerke und Fassaden, so viel Gemetzel und Schönheit vorzuzeigen ohne die ewige, die segensreiche Korruption. «O Rom! Du aller Laster Heimatland», wie schon Alfieri dichtete, eine brauchbare Arbeitshypothese. Und wer mit gerümpfter Nase und vornehmem Zungenschlag behauptet, das sei Rom-Schelte, der kennt die römische Rom-Schelte nicht.

Ziemlich verfänglich, sagte ich stumm zu dem stummen Gesprächspartner, sind eher die feierlichen Entschuldigungen Ihrer Seite: Wir geben zu, wir haben Fehler gemacht, auch wir waren und sind fehlbar, da ist vieles durchgesetzt worden, was nach heutigen Begriffen illegal genannt werden könnte, aber es waren, wie wir zu berücksichtigen bitten, andere Zeiten mit anderen Regeln. Was sollen solche Geständnisse, abgefedert mit der Mahnung, man möge sich bitte nicht an die irdischen Wahrheiten binden, wo es die höhere Wahrheit gebe, die heilige Überlieferung, die stillen Übereinkünfte, mit der Besserwisserei Ungläubiger sei ohnehin nichts geholfen, Gottes Wege seien unergründlich, und zur Erfüllung seiner großen Pläne benutze er auch die menschlichen Schwächen und Leidenschaften, und sei es die Leidenschaft einiger Krieger für numidische Zuchthengste. Auf der anderen Seite, protestantische Sittenreinheitsgebote wären ähnlich töricht wie die faulen Beschwichtigungsformeln, die immer nur im Notfall mit schlaffem Lächeln verkündet werden, wenn Fakten nicht mehr zu leugnen sind oder Lügen aus den Nähten platzen.

Ob Zuchthengste oder der Pantheon-Deal des unbekannten Kaisers Phokas oder Mussolinis Koffer voll Bargeld zum Dank für die päpstliche Anerkennung als ehrbarer Staatsmann, niemand müsse heute Angst vor der freien Fragerei nach den versteckten Geschichten haben, hätte ich den drei schwarzen Herren auf der Kirchenbank neben mir oder auf den Agostino-Treppen zurufen können. Selbst jemand, der zuweilen von Fragsucht und stratigraphischer Archäologenneugier befallen ist und seine Kundschaft mit ein paar Schnurren aus vergangenen Jahrhunderten bilden und unterhalten will, muss ja irgendwann aufhören mit dem Nachfragen und dem Kratzen an Legenden. Auch ich könnte nicht sagen, wo das Fragen enden sollte, aber irgendwann muss es enden, wenn die Antworten immer ähnlicher werden. Seit der Mehrfachmörder Konstantin sich an die Spitze des Reichs und der Christenheit stellte, geht es, verzeihen Sie die Platitude, aber vor zweihundert Jahren hätte man mich für solche Platituden in Rom noch aufgeknüpft oder eingekerkert, geht es immer zuerst um Macht und Unterwerfung, und erst in zweiter Linie um Glauben und Gottesfurcht. Wenn man da mit Besserwissen und juristischem Puritanismus von heute kleinlich und ehrpusselig, nachtragend und geschichtsblind fragte, was da in zweitausend Jahren alles nicht im Sinn des Grundgesetzes und des BGB besiegelt wurde und was laut heutigem Strafgesetzbuch hätte bestraft werden müssen, bliebe nach meiner spärlichen Kenntnis nicht viel übrig von den drei Kirchen, katholisch, evangelisch, orthodox, da wäre man ja lutherischer als Luther, pelagischer als Pelagius, franzischer als Franziskus, hussischer als Hus, brunischer als Bruno, küngischer als Küng. Und Leute wie Flavia und ich hätten kein Vergnügen mehr an numidischen Hengsten, getürkten Konstantinischen Schenkungen und an dem Vortrag unseres Freundes Peter über die gründliche Verfälschung des Lebens des

Franziskus in Assisi und die Zwänge eines Malers wie Giotto, den Heiligen romkompatibel darzustellen.

Mein Ansprechpartner zur Rechten schwieg und streckte die Finger der linken Hand. Wenn aus Betroffenheit, Scham oder Taktik die verjährten Delikte einmal aufgerührt werden, so flochten sich meine Gedanken weiter, dann kann alles noch peinlicher werden. Der Vorgänger zum Beispiel hatte sich einmal laut und pauschal zu entschuldigen versucht im heiligen Jahr 2000 für die Verfolgungen und Folterungen der Juden und sogenannten Ketzer, Hexen und Zigeuner durch Männer und Frauen der Kirche. Nachdem er die Schuld seiner Vorgänger, die fast immer an Hexen, Ketzer und Jesusmörder geglaubt und dabei keineswegs Schuld empfunden hatten, entschuldigt hatte, wurde feierlich versichert, dass die Kirche trotz ihres Hasses und ihrer Politik, trotz der von ihr angestifteten Verfolgungen und Morde, Kriege und Scheiterhaufen, Erpressungen, Raubzüge, Fälschungen und Bestechungen und Verbrechen in fast zweitausend Jahren «unbefleckt» geblieben sei.

Hunderttausende oder Millionen Menschen im Namen des Kreuzes getötet, verjagt, gefoltert – und die Befehlshaber solchen Terrors unbefleckt, das darf man, hat Flavia damals gesagt, ein Wunder nennen, ein neues römisches Wunder. Und einem Fremdenführer, der deutsche Touristen auch durch das ehemalige Ghetto lenkt, fällt dann schon auf, dass der beliebte

Papst keinen Satz zu dem unbefleckten Heiligen aus Hippo über die Lippen gebracht hat, der, trotz aller philosophischen und theologischen Größe, wie kein Zweiter den Satz «Liebet eure Feinde» auf den Kopf gestellt und überall nur Feinde und Gegner gesehen, den Hass auf Juden und Ketzer gepredigt, Frauen verachtet, Denken verboten, für Folter und heilige Kriege geworben hat. Solche Nachhilfestunden bleiben dann unsereinem überlassen.

Sie führten mich weit weg, diese Zuchthengste, zogen die Assoziationen im wilden Ritt dahin, wohin ich gar nicht wollte, wo ich mich zu wenig auskannte, sie schweiften in unsicheres Gelände. Ich hätte nicht alles Empfinden auf die Hände und die von ihnen ausgelösten Gedankenblitze fixieren, ich hätte längst aufstehen und gehen sollen. Doch ich fühlte mich wie festgehalten in dieser Kirchenhalle, obwohl hier mein Ziel nicht war, ich wollte weiter, ich war unterwegs an diesem Sonntag und trug eine ganze Prozession von Bildern im Schädel herum, die Schönheitsköniginnen aus der Galleria Borghese, die Dame mit ihrem Amore-Kläffer, den Pathos-Byron, die Via Veneto mit Nazis, Fellini, Mafiosi und Ratten auf dem Bürgersteig, der Öldiktator mit seinen Gäulen, der seit einigen Tagen mit schweren Waffen und Bombern gegen die Bevölkerung seines Landes kämpfte. Es war mir, als würde ich den Synapsen im Hirn zusehen bei der Arbeit, wie sie dies mit jenem, den Kläffer mit der Orgel, den regierenden Bock im «garden of the world» mit dem westfälischen

Krieger Innozenz und dem bombenden Prediger aus Libyen, Bernini mit Ravenna, die Treppen von Sant' Agostino mit Therapeuten zusammenschalteten, und mittendrin immer wieder die alten Hände, geheimnisvoll mit den Abgründen Roms und dem Staub der Geschichte verbunden und mit der Unschuld des unverständlichen Wortes unbefleckt.

Unbefleckt, auf diese Idee konnte man nur in einer Hauptstadt des Größenwahns kommen. Rom lebt von Übertreibung und Größenwahn, erzähle ich gern, seit dem einundzwanzigsten April Siebenfünfdrei. Schon Romulus war überzeugt, seine paar Hütten seien von den Göttern als caput mundi bestimmt, jedenfalls hat Livius ihm das erfolgreich angedichtet, alternativ wird der Nabel der Welt auf dem Forum angeboten. Auch die Formel Roma aeterna ist reine Literatur, Vergil lässt Jupiter der Stadt ewige Dauer prophezeien, und wir plappern das nach bis heute. Der Größenwahn setzt sich fort bei den Päpsten, die Stellvertreter Christi auf Erden sein möchten und unfehlbar wie dieser selbst. Bei den Norditalienern, die mit dem Justizpalast und dem Einheitsdenkmal sich breitmachten, mit Bergen von Travertin und Marmor. Bei Mussolini, der seinen Marsch auf Rom an dem Oktobertag inszenierte, an dem Konstantin seinen Sieg am Ponte Milvio errungen hatte, um dann die halbe Altstadt auszuradieren, all die Eroberer-Dummköpfe bis zu den Nazis, die mit Besatzung und Terror die Römer meinten beherrschen zu können, alle wurden sie größenwahnsinnig in dieser Stadt. Und heute der harmlose Größenwahn der Rom-Experten, allein zehntausend gebildete Deutsche laufen hier herum, die sich für Kenner halten, und ich bin nur einer von denen. Darum soll niemand sich wundern, wenn die Römer bei jedem leisen Verdacht auf Größenwahn Abstand nehmen und immer erst «No!» rufen, dann abwarten und nichts tun und auf ein Wunder hoffen. Andererseits ist es hier ohne Größenwahn nicht auszuhalten, man muss stark sein und sich aufpumpen, mit Bescheidenheit kommt man nicht mal über den Zebrastreifen.

Hier regiert der Widerspruch, sage ich, wenn ich den Experten spielen muss, ja, Rom ist die Hauptstadt der Zwietracht, jeder streitet mit jedem. Zwietracht zwischen Klerikern und Laizisten, Zwietracht der Kleriker und ihrer Orden untereinander, Zwietracht der Laizisten und ihrer Parteien untereinander, und am heftigsten streiten sich die, die zu achtundneunzig Prozent einer Meinung sind. Zwietracht zwischen Zentrum und Peripherie, Faschisten und Kommunisten, Frommen und Ketzern, Lazio-Fußball und Roma-Fußball, Raffael und Michelangelo, Bernini und Borromini, Schlawinern und Opfern, Wegschauenden und Hinschauenden, Kuschenden und Oberegoisten, Romulus und Remus, jeder streitet mit jedem, kein Gespräch über eine Dachrinne ohne Anwälte, Rom besteht aus der wildesten Mischung zerstrittener Paare, verfeindeter Brüder, schroffster Gegensätze. Hundert unsichtbare Mauern, tausend unsichtbare Regeln und Fallen ziehen sich durch die Stadt.

Und die Pointe, die kaum einer kennt, wahrscheinlich nicht mal der Mann, dessen unbefleckte Hände ich sah: der schönste Widerspruch findet sich da, wo die Päpste erwählt werden, in der Sixtinischen Kapelle. Seit drei Jahren, muss ich zugeben, habe ich die Vatikanischen Museen und diese Kapelle nicht mehr betreten, da kriegen mich keine zehn Rassepferde und auch die Trinkgelder der Kunden nicht hin. Im Eiltempo durch Gänge und Säle, hier ein Blick auf Laokoon, auf Raffaels Stanzen, da auf den Apoll, hier drei, da vier Sätze Erklärung neben sieben andern Gruppen in fünf verschiedenen Sprachen, da wird wie überall mehr fotografiert als hingeschaut, wozu braucht man noch Fremdenführer. Die Sixtinische Kapelle aber, wo jeder hinwill, wo jeder Rombesucher angeblich gewesen sein muss, wo alle im Wettlauf hinströmen, die ist für mich die sixtinische Hölle: dicht an dicht gedrängte Touristenhaufen, im Sommer in Sandalen und nach Schweiß und Parfüm stinkend, im Winter in schweren Jacken, feuchten Regenmänteln und Turnschuhen unter dem Weltgericht. Zwanzigtausend Leute am Tag, die ihre Gesichter nach oben wenden und mit ihren Ausdünstungen, von denen die Atemluft noch die beste ist, die stickige, fast fensterlose, schwer zu lüftende Kapelle vollpumpen, man meint, den massenhaften Pizzaatem zu riechen und wie Schimmel in die Fresken kriechen zu sehen unter der Erschaffung Adams. Dann fotografieren sie, obwohl sie es nicht dürfen, die Wärter bellen, dann schwatzen und erklären und deuten sie, was sie sehen oder nicht sehen, lautes Stimmengemurmel, das alle drei Minuten vom «Silenzio!»-Ruf eines Wärters unterbrochen wird und abschwillt, nach einer halben Minute drehen die Stimmen schon wieder auf, neuerdings mahnen Lautsprecher zur Stille, ununterbrochen, in fünf Sprachen.

Mir tut es weh, so konservativ bin ich, wenn die Kunst vergewaltigt wird, nur weil die Kirche Geld braucht und fünf Millionen Besucher im Jahr. Im Gedränge, Mief und Stimmengewirr ist keine Kontemplation möglich, nicht einmal das Erfassen einfachster Details. Man müsste in Ruhe den großen Gegensatz erklären, der in den Reiseführern verschwiegen wird: Michelangelo bezeugt hier seine kirchenkritische Haltung, statt braver Apostel mit Heiligenschein, die man von ihm erwartete, malte er Propheten und mythische Figuren. Schauen Sie bitte auf Maria, müsste ich flüstern oder schreien, die sich von den hilfesuchenden Menschen abwendet und fast ängstlich auf Christus verweist. Und Petrus bietet ihm die Schlüssel an, der Stellvertreter ist nicht mehr nötig, jedenfalls am Jüngsten Tag. Bitte, meine Damen und Herren, müsste ich rufen, sehen Sie sich die Hölle an, diese Hölle dient nicht der üblichen Angstpropaganda, erstens ist sie relativ klein, zweitens dürfen viele der Höllenkandidaten noch ringen und auf Rettung hoffen, nichts da von augustinischer Erbsündenverdammung, nichts da von Höllenzukunft für die, die den Päpsten nicht gehorchen. So hat mir das einst ein ranghoher Katholik erklärt, Michelangelo als Anhänger früher reformatorischer Ideen, der auf der berühmten Altarwand seine Kritik der Kirche ausmalt, das Ende des Papsttums, des Marienkults und der Sündendrohung. Der Künstler, meine Damen und Herren, hat es nie verschmerzt, dass seine beste Freundin, die Gräfin und Dichterin Vittoria Colonna, wegen, vereinfacht gesagt, reformatorischer, vorprotestantischer Ansichten aus Rom verbannt und als Ketzerin bezeichnet wurde, beide inspiriert von später verbotenen sogenannten ketzerischen Schriften. Michelangelo konnte man nicht verbannen. Schauen Sie in San Pietro in Vincoli den Moses einmal richtig an, wie trotzig der den Kopf vom Aberglauben der Petersketten wegdreht. So triumphiert die Kunst über die Dogmen, das ist auch eine frohe Botschaft, meine Damen und Herren. Die Ironie des Weltgerichts, der größte und schönste der römischen Widersprüche: ein Beinahe-Ketzer schenkt dem Papsttum eine seit fünfhundert Jahren funktionierende Goldgrube! Und ein perfektes Logo als Zugabe, die Kuppel des Petersdoms.

In solchen Gegensätzen, verrate ich den Fortgeschrittenen, werden Sie ihn finden, den römischen Rhythmus, den richtigen Takt von Ja und Nein. Oder beim Drängeln und Zögern im dichten Verkehr, beim gleichzeitigen Gasgeben und Bremsen im Gewühl und Geschiebe der Blechkisten. Im flinken Schwirren der Motorini, im lässigen und bissigen Kampf der rollenden Ritter um die Zentimeter auf schwarzem Basalt, jeder gegen jeden, und dann wieder in fließenden Formationen wie die Stare am Abendhimmel. Wenn die Bettlerdichte zunimmt, wenn die Busse nicht kommen, die Metro, die Züge, da fluche auch ich und freue mich am stockenden Rhythmus der Stadt, am Gegeneinander, an Geschimpfe, Missmut, Lachen, Seufzen. Wie viel Aufregung ist es wert, den Bürgermeister mit dem römischen Gruß beglückwünscht zu sehen oder das Wunder des unverschlossenen und sich wie von allein mit Waren füllenden Kofferraums der Stadtwächterautos vor den guten Geschäften oder das Egospiel des Parkens in zweiter und dritter Reihe? Was ist die wundersame Vermehrung der Dienstwagen gegen ein flüchtiges Kompliment am Tresen? Was die Regulierung der Regulierung der Regulierung gegen den zarten Saharastaub auf den Karosserien? Nein, es hat keinen Sinn, sich an den römischen Steinen den Kopf einzurennen. Wer das verstanden und den Rhythmus der Gegensätze gefunden hat, darf eines Tages vielleicht die höchste Stufe der römischen Weisheit erreichen: gleichzeitig ja und nein zu sagen.

Ruhig auf der Holzbank genoss ich die eingebildeten Gänge und Sprünge durch die Stadt, die Wanderlust im Hippocampus, die Unruhe der Gehirnnerven, die, niemals untätig, in Blitzsekunden durch das Kopfarchiv, durch die Sammlungen von Bildern, Sinnesempfindungen, Wörtern und Fertigsätzen wirbelten, durch das gefüllte, immer noch sich erweiternde Arsenal des Fremdenführers und Archäologen, der bei Händen und Hengsten anfängt und bei Michelangelo und den Motorini und Fellini landet.

Je ruhiger ich saß, desto rascher schossen Fetzen aus Filmen der fünfziger und sechziger Jahre an mir vorbei, zu Abziehbildern gewordene Bilder, die es so schwer machten, fünfzig Jahre zu überspringen und die heutige Härte, Entkernung und Verkitschung der Stadt zu verstehen. Gleichzeitig drängten die heutigen Bilder heran, die ich mit geschlossenen, gesättigten Augen sah: Nepp-Legionäre im Scheinwerferlicht, Sommerdiskotheken in der Villa Borghese, multimediale Imperatoren-Auftritte, fabrikneue Kleinwagen in Augustus' Ara Pacis, eine Bar nach der andern umgebaut in mailändisch-metallischem Stil. Ich sah romgeborene Vandalen, die früher nur die Fassaden mit faschistischen Parolen beschmierten, auf dem Pincio die Steinköpfe berühmter Italiener zerstören und einem Mazzini, Foscolo und Dante die Nasen abschlagen, sah vor jeder Pizzastube ein Happy-Hour-Schild, sah die Wölfin auf den Plakaten der Rechten die Zähne fletschen, den römischen Gruß zur Brauchtumspflege erklärt und die gegen die Tabus der Alten gerichtete Mode der Jungen, in möglichst großen Haufen betrunken zu sein oder mit Drogen gedopt neben Giordano Bruno zu stehen. Ich meinte sie im Lärm, im Dreck, in rotziger Aggression, in den muffigen Mienen der Leute verschwinden sehen, die alte Rom-Gemütlichkeit, die einst so berühmte Leichtigkeit, die lockere Sentimentalität, die raue Herzlichkeit, den bäurischen Humor und den bürgerlichen Stolz. Keine Ethik, sagt Flavia, keine Ästhetik, keine Kultur, kein Geld, jeder blockiert jeden, Rom ist nichts für zarte Seelen. Die Römerin und der Römer sind zwar großherzig, meint sie, aber frech, mürrisch, träge, fatalistisch. Dante schickte die Gleichgültigen noch in die Vorhölle, sagt sie, weil sie von ihrem Intellekt und Willen keinen Gebrauch machten, aber auch Dante ist den Römern gleichgültig, und in der Vorhölle fühlen sie sich sowieso.

Wer es haben will, das Wohlfühl-Rom, soll es haben, Trevi und urbi et orbi und Spaghetti auf der Gasse in Trastevere inklusive. Von mir aus auch die Ewige Stadt in sechs Stunden, am besten gleich mit der App «Rom in drei Minuten». Hin zum Bekannten, Belagerten, Meistfotografierten, zu den Fellini-Fotos und den Postkarten mit der Peterskuppel im verführerischen Abendlicht – fort mit dem Unverständlichen, Unbekannten, Unsichtbaren, ausgeblendet die Vorstadtbewohner, die Bettler, die Hütten, die bröckelnden Steine an den Brunnen und am Kolosseum, den Pissegestank an der Spanischen Treppe. Das ganze sich verhässlichende Rom, nehmen Sie es bitte wie der frühere Bürgermeister Argan mit Humor: Rom ist ewig, weil sein Verfall unendlich ist. Und niemand, sage ich, hat die Pflicht, sich für die Gegenwart zu interessieren. Beachten Sie aber bitte die Zukunft, unsere römischen Chinesen. Seit zwanzig Jahren liefern sie die Rom-Souvenirs, seit zehn arbeiten sie in den Souvenirläden, seit fünf haben sie ganze Touristenstraßen übernommen. Hier können Sie sie schon besichtigen, die prächinesische Epoche, in Prato, in Neapel und auf unserem höchsten Hügel Esquilin.

Erziehung des Auges, schrieb mein Fremdenführervorbild Stendhal, wer seine Augen nicht erzogen hat oder erziehen will, werde an dieser Stadt keine Freude haben. Pädagoge bin ich nicht, aber ich versuche, den Blick auf das Schwerverdauliche zu lenken und die immer noch gegenwärtigen Gespenster zu beschwören wie Konstantin, Phokas, den geohrfeigten Papst Bonifaz, den antikatholischen Michelangelo, den unsichtbaren Kappler und den regierenden Pinocchio. Oder beim Kolosseum vom Jerusalemer Tempel zu reden, den die Römer zerstörten (meine Flavier, sagt Flavia) und danach die jüdischen Sklaven den Gladiatorentempel bauen ließen, heute der exklusive Werbetempel eines Schuhhändlers, weil die Halbfaschisten der Stadtverwaltung lieber in ihre Taschen wirtschaften, als Tradition, Heimat und Erbe zu pflegen.

Erziehung des Auges, selbst beim allseits beliebten Bernini-Elefanten mit dem Obelisken auf dem Rücken. Manche Fremdenführer, ich habe einen Tag lang die Kollegen der mir verständlichen Sprachen beobachtet, zeigen noch auf die Inschrift, «Wer immer du hier stehst, versteh es als ein Lehrstück: dass es eines robusten Geistes bedarf, eine solide Weisheit auszuhalten, solidam sapientiam sustinere». Aber ich kenne nur eine Kollegin, die ihren Kunden die solide Weisheit zumutet, dass Bernini erst nach seiner triumphalen Rückkehr aus Paris sich leisten konnte, den Hintern des Elefanten gegen das Gebäude der Inquisition zu kehren, wo Giordano Bruno und Galilei und Hunderte robuster Geister gequält worden waren.

So landete ich wieder bei den drei Kirchenmännern in meiner Bankreihe, ich hätte sie gern gefragt, ob sie solche kleinen Wahrheiten aushalten konnten und ob sie vielleicht sogar den Namen Phokas kannten, den noch keiner meiner Zuhörer je gekannt hat. Phokas, sage ich mit dem Vorsatz, meinen Kunden eine uralte Neuigkeit in fahrlässiger Kürze so differenziert wie möglich zu vermitteln, war der mörderischste Kaiser der an Mördern nicht armen Reihe der spätrömischen Herrscher. Ein Hauptmann, der sich in Byzanz nach oben putschte, die Familie seines Vorgängers auslöschte und Hunderte von dessen Vertrauten. Nichts Aufregendes also, aber unter allen christlichen Mörderkaisern gilt er als der brutalste Tyrann, seine Epoche als die blutigste, seine achtjährige Herrschaft als eine der katastrophalsten in der Geschichte des Reiches, und alle diese groben Wertungen, meine Damen und Herren, stammen nicht von mir, sondern von Historikern, sogar von dem in moralischen Fragen zurückhaltenden Ploetz. Dieser allgemein verhasste Schreckensherrscher hatte nur einen Freund und Verehrer im Reich, Papst Gregor, der bekannte große Gregor, ein tüchtiger Manager, der für das römische Volk sorgte, der auch die Legende von

Benedikt und das Gerücht vom Fegefeuer erfunden hat, Gregor also feiert den Mörderkaiser als Sendboten Gottes und als Mann des Heiligen Geistes. Dieser, geschmeichelt, schreibt, obwohl Oströmer, der römisch-katholischen Kirche ihre Führungsrolle zu, sie sei das Haupt aller Kirchen. Kurz nach Gregors Tod kommt Phokas nach Rom, 608, falls Sie das wissen möchten, für ihn hat der neue Papst eine vergoldete Ehrensäule auf dem Forum Romanum errichten lassen, die letzte, die für einen Herrscher gebaut wurde, die höchste auf dem ganzen Forum, da drüben, in der Mitte, leider ohne Gold inzwischen. Phokas ist so gerührt, dass er daraufhin dem Papst das Pantheon schenkt und die Anerkennung der katholischen Kirche als das Haupt aller Kirchen besiegelt, ein Anspruch, auf den man sich bis heute beruft.

So ungefähr kommt mir das von der Zunge an lockeren Tagen, die Zuhörer der Führungen für Fortgeschrittene haben es gern, mit größeren oder kleineren Schuftereien aus der Vergangenheit unterhalten zu werden, sie nennen das: aus der Geschichte lernen, und sind glücklich dabei. Der Tempel, fahre ich fort, wird christlich umgewidmet, so bleibt das Pantheon erhalten, das verdanken wir dem Schurken Phokas. Der kluge Papst greift die Idee der heidnischen Priester auf, alle Götter an einem Ort zu verehren, lässt hier die Märtyrer anbeten und erfindet den Feiertag Allerheiligen. Alles hängt mit allem zusammen, sagt schon Dante, es hat also durchaus einen tieferen Sinn, meine

Damen und Herren, dass ausgerechnet die Phokas-Säule nicht nur die jüngste und die höchste auf dem Forum ist, sondern auch die einzige, die stehen geblieben ist, alle anderen, die Sie hier sehen, wurden später wieder zusammengesetzt. So viel zu der Schurkensäule, schließe ich meine Vier-Minuten-Weiterbildung, und zum Pantheon als Bestechungsgeschenk. Und darum freuen sich die einen bis heute an diesem herrlichen Bau und die andern am Alleinvertretungsanspruch der Kirche, dem caput omnium ecclesiarum, dies den Damen und Herren Lateinern unter Ihnen.

Ich schielte zu meinen stummen Gesprächspartnern hinüber, wartete, um ihnen etwas Zeit für Einwürfe zu lassen, doch sie schienen noch stummer als vorher und bewegten sich nicht. Viel zu schnell waren Eingebungen und Denkbilder vorbeigeflogen, die ich selbst kaum zu fassen vermochte und jetzt erst, beim nachträglichen Aufschreiben, in die langgestreckte Ordnung von Buchstaben, Zeilen und Seiten bringe. So blieb ich weiter sitzen, als verlangte der Gedankengalopp, in den mich die libyschen und numidischen Pferde versetzt hatten, einen ruhigen Pol, einen äußeren Stillstand. Flavia in schaukelnder Bewegung irgendwo nördlich von Mailand im Bus oder schon in der Bahn, ich aber blieb, wo ich war, und änderte nur die Sitzhaltung. Vielleicht spürte ich auch deshalb keinen Bewegungsdrang, weil ich nicht wusste oder nicht wissen wollte, ob ich erst eine Minute oder schon zwanzig Minuten auf dieser Holzbank saß. Ich nahm nur schemenhaft wahr, was um mich herum ablief, folgte den Sprüngen und Schaltungen meiner Hirnzellen, achtete weder auf die Geräusche im Hintergrund noch auf die anderen Menschen in meinem Blickfeld, schielte hin und wieder diskret nach rechts, nur das Orgelspiel und die Verlesung des einen Psalms im Ohr.

Erst nachträglich kann ich sagen, ich nahm die Zeit nicht wahr, ich schaute nicht auf die Uhr. Nie hatte ich das Gefühl, dass da Minuten vergingen und dass es überhaupt Stunden, Minuten, Sekunden oder Zehntelsekunden gab. Es war ein ruhiges Abtauchen in die Zeitlosigkeit, in die Schicht einer nicht gemessenen und nicht als fliehend empfundenen Zeit. Alles kam mir wie ein einziger Augenblick vor, ein angehaltener Augenblick, als hätte der eine oder der dutzendfache Blick auf die Hand, als hätten die Pferde des Diktators und die Pferde des Augustinus mich in einen langanhaltenden Tagtraum gezogen, aus dem ich nicht geweckt werden und den ich nicht durch ruckartige Bewegungen, durch entschiedenes Aufstehen und Hinausgehen unterbrechen wollte.

Und doch war ich hellwach und wusste trotz der Rückschau auf längst geschlagene Schlachten, dass der Mann, dessen Hände ich betrachtete, in diesen Monaten ganz andere Sorgen hatte als die Bildung der Rom-Pilger, als die Zentralsünde und die dazugehörigen Pferde aus Nordafrika. Er hatte buchstäblich alle Hände voll zu tun mit Priestern, die ihren Geschlechtstrieb nicht beherrschten, mit Priestern, deren Karrieren zu fördern, und Priestern, deren Karrieren zu bremsen waren, mit Priestern, die frommer und glaubensstrenger sein wollten als der Vatikan, mit Priestern, die zu viel Gehorsam ablehnten, mit Priestern, die Bilanzen fälschten, die Kirche betrogen und mit Gaunern Geschäfte machten, und Priestern, die das aufdeckten und dafür strafversetzt wurden, und Priestern, die nicht mehr Priester sein wollten: tausend drängende Probleme, Fragen, Entscheidungen.

Tollhaus, jetzt fiel mir das Wort ein, das ich kurz nach jenem Staatsbesuch mit Rassepferden im Sommer 2010 gehört hatte. Kein Kirchenhasser oder enttäuschter Priester hatte das über den Vatikan gesagt, sondern ein hoher niederländischer Diplomat, der einst mit mir Archäologie studiert hatte und sich deshalb etwas Offenheit leistete, ein Kenner mit Sympathie für den mächtigsten Kleinstaat der Welt. Ein Tollhaus, hatte der gesagt, weil der Unfehlbare führungsschwach sei, sein Staatssekretär ebenfalls, mal arbeiteten sie gegeneinander, selten miteinander, Richtungskämpfe tobten, dazwischen überall die stärkste und intriganteste Gruppierung, die sich anmaße, das «Werk Gottes» zu tun, und mehr und mehr Schaltstellen besetze. Als Außenstehender blicke man schwer durch, welche Linien und Überzeugungen bei den Gesprächspartnern gerade dominierten, welche Nebelkerzen hinter welchen Türen geworfen würden, welche Finten, welche Unschärfen gerade gefragt seien. Am größten sei die

Angst, dass etwas von diesem Hauen und Stechen nach außen dringe. Es werde gerungen, camoufliert und getreten unter dem Heiligen Stuhl wie immer, aber heftiger als seit Jahrzehnten oder Jahrhunderten, mehr hatte der Diplomat nicht sagen wollen.

Vielleicht irrte der Kenner, Experten irren ständig, und auch mein Blick konnte verkehrt sein, sagte ich mir wieder, doch das Bild vom Tollhaus passte zu den Ängsten, auf die ich in siebenundzwanzig Jahren Rom bei Klerikern so oft gestoßen war, vor allem die Angst, sich nicht normgerecht zu verhalten in einem Labyrinth von Normen, Dogmen und Legenden, die Angst, etwas falsch zu machen, eine Silbe, eine Geste mehr zu wagen als erlaubt. Vielleicht gediehen solche Ängste besonders gut in einer größeren Ansammlung von Männern mit Paarungsverbot, in einem Klima der Vorsicht, Rücksicht und Nachsicht, wo die Körper, einer höheren Macht dienend, wie stillgelegt sind und nur als Träger geistlicher Imponiertracht vorgezeigt werden und die Hände den Wahrheiten menschlicher Wärme nicht folgen dürfen. Geballte Ängste vor der Sprache des Körpers, unterdrückte Furcht vor Glückshormonen, jede Menge Sprengstoff. Eine solche Ansammlung erwachsener Männer, die sich gegenseitig belauern, weil immer mal einer den Verdacht haben mag, dass ein Kollege doch nicht so gebotstreu und glaubensfest, nicht so beherrscht ist wie man selbst und darum ebenso verdammenswert wie beneidenswert erscheint, das muss zu ständigen Reibungen und

Rivalitäten führen, noch explosiver vielleicht als in einer Schulklasse pubertierender Knaben. So fand ich den diplomatischen Begriff Tollhaus sehr passend, ja moderat angesichts der widerstreitenden Ängste, die in der Umgebung des alten Herrn herrschen mussten, und angesichts der Trauerblicke, die ich ihm anzusehen meinte.

Das Tollhaus aber interessierte mich nicht, Intrigen unter Schwarzkitteln mussten mich nicht beschäftigen, das war billiges Journalistenfutter. Selbst wenn man mir die Erlaubnis gäbe, dem Papst eine einzige Frage zu stellen, überlegte ich, nicht hier auf den Kirchenbänken, sondern bei einer offiziellen Pressekonferenz mit vorher schriftlich eingereichten Fragewünschen, dann wäre ich nicht gierig auf eine Antwort zu den Problemen mit pädophilen oder antisemitischen Frommen, über die genug Worte gemacht wurden. Wenn ich eine Frage frei hätte, dann würde ich mich nicht auf das Tollhaus der Gegenwart, sondern auf die Komödien der Geschichte einlassen, überlegte ich. Dann läge es nahe, uralte, immer wieder beiseitegeschobene Fragen hervorzukramen, etwa die nach Helenas Reliquienfindekunst im Sinn der italienischen Kölnerin Monica. Oder ich würde wissen wollen, ob und wann und in wie viel hundert Jahren der Heilige Stuhl zuzugeben bereit sein könnte, dass der berühmte heilige Benedikt nicht mehr und nicht weniger als eine literarische Figur, eine Erfindung des heiligen Gregor oder seines Adlatus ist. Es würde mich auch interessieren, wie vielen Menschen im Vatikan bekannt ist, dass der Kult um Maria erst dank zweier Übersetzungsfehler möglich wurde. Oder mit welchen Hintergedanken man die Staatsgäste auch im einundzwanzigsten Jahrhundert vor einer Audienz durch die Sala Regia schreiten lässt, wo auf den Wandgemälden der vom Heiligen Stuhl befohlene Meuchelmord an Coligny, der Mord an den Hugenotten gefeiert wird.

All diese Fragen an den kompetenten und mächtigsten Theologen hätten wohl zu spannenden, vielleicht bizarren Antworten geführt, meisterlichen Ausweichmanövern, gewitzten Gegenfragen, was auch immer, doch sie hätten auch etwas typisch Protestantisches, Rechthaberisches oder Triumphierendes gehabt, das wollte ich nicht, das brauchte ich nicht. Vor alle anderen Bilder hatte sich, nachdem der Öldiktator mich einmal auf die Spur gelockt hatte, das vieldimensionale Bild von den Hengsten bei Augustins Intrigenspiel geschoben, die Rolle der Pferde im Heiligenkalender. Deshalb hätte ich mich darauf beschränkt zu fragen, ob dem Kirchenoberhaupt, in Kenntnis dieses Details, in meditativen Minuten über Sünde, Erbsünde und Unfehlbarkeit auch die Hengste durch den Kopf trabten oder galoppierten, mehr hätte ich gar nicht wissen wollen.

Selbstverständlich fragte ich nicht, weder mündlich noch auf einem nach rechts hinübergereichten Zettel, ich sah nur meiner Phantasie bei der Arbeit zu, wie sie Frage an Frage fügte und sich trotz anderer blitzhafter Eingebungen auf die eine konzentrierte, auf die Schiffsfahrt mit fernen, mal traumhaft verwischten, mal scharf konturierten Pferden, auf die Jagd mit Hengsten durch das Gehölz der Geschichte. Selbstverständlich hatte ich keine Antwort zu erwarten, der bescheidene Mann, der sechs bis sieben Meter von mir entfernt saß, blieb unnahbar und für mich nicht ansprechbar, und das war richtig so. Meine Fragen waren mir, wie ich zugeben muss, wichtiger als mögliche Antworten, auf Antworten kam es nicht an. Es trieb mich eher das Interesse zu erfahren, welche Übungen im Vergessen, im Wegschauen, im Ausweichen vor unbequemeren Wahrheiten nötig sind, mit welchen Techniken man lernt, Tatsachen zu bestreiten, für unwichtig zu halten, zu verschweigen, zu verdrängen oder zu verstecken – eine Fähigkeit, um die ich Kirchenleute und Politiker oder andere Machtmenschen jeden Tag wieder beneide.

Da war etwas, was ich noch nicht begriffen hatte: warum das redselige italienische Volk gleichzeitig so perfekt verschwiegen sein konnte, nicht nur wenn die Mafien drohten und halfen, das berühmte neapolitanische Schweigen, das sizilianische, das kalabresische, das sardische, das faschistische Schweigen. Und über allem das vatikanische Schweigen, die wortmächtige Kirche als Meisterin des Mundhaltens, Versteckens, Verhüllens, der Amnesie und der Narkose, wenn Fakten schmerzhaft zu werden drohten. Als wolle man die Hirnforscher bestätigen, die festgestellt hatten, dass fragendes Denken den Glauben hemme und gläubige Menschen weniger kritisch seien und mit Unsicherheiten und Konflikten schlechter umgehen könnten als Leute mit eher schwachen religiösen Überzeugungen. Das katholische Schweigen, ein unendliches Thema, zu groß für einen pensionierten Scherbenputzer und Puzzlespieler, der ebenfalls schwieg und, statt aufzustehen und seinen schweigenden Gesprächspartner anzusprechen, bei dem Vorsatz blieb, dem Geheimnis zweier Hände nachzuspüren.

Wenn die Hände zu Ohrfeigen nicht fähig sind, nicht fähig sein dürfen, wie steht es um den Händedruck, fragte ich weiter, und ich sah den jetzt so stillen Gast wie ein Jahr zuvor an diesem Ort, wo er in vollem Ornat aufgetreten war und viele Hände gedrückt hatte. Ich überlegte, ob er eher fest oder schlaff gewesen sein mag, der Händedruck, eher knapp oder lau oder fischig, eher tätschelnd oder auf Distanz bedacht mit angelernter, trügerischer Kraft. Halbfest und kurz, solchen Griff traute ich den Händen, die aus den schwarzen Ärmeln hingen, nicht zu, vermutete eher die laue und fischige Variante, wie ich sie oft bei Klerikern bemerkt hatte. Das ließ sich mit der Keuschheit oder Erfahrungslosigkeit dieser Hände erklären, die in aller Regel kein Feingefühl für Berührungen entwickeln durften. Hände, die nie mit zärtlichsten und entschiedenen Bewegungen über die Haut eines anderen Menschen gestrichen waren, Hände, die niemals einen Hals, einen Hintern oder Brüste umfasst hatten, Zeigefinger, die sich nicht einmal bis in den Vorgarten des weiblichen Paradieses vorgetastet hatten, Handballen, die nie gebissen, Finger, die nie von der Zunge einer Frau umschmeichelt worden waren, wie tüchtig konnten die sein? Es war schwer, sich die seelenstärkende Kraft von Händen vorzustellen, die nie einen anderen Körper ertastet oder nur unter zitternder Angst vor Entdeckung einer solchen Sünde angefasst und den schönsten Taumel gemieden hatten. Mit diesen Händen, mit diesen von ihren Körpern getrennten Männern müsste man Mitleid haben, wenn sie sich nicht freiwillig von der Weisheit der Griechen und Römer entfernt hätten, dass Amor und Psyche, körperliche Liebe und Wärme der Seele, nicht zu trennen sind. Die Hand des Apoll auf Daphnes Hüfte und Bauch – und die zur Keuschheit erzogenen, darum schlechtdurchbluteten, dem Feuerwerk der Endorphine entsagenden Hände, dachte ich, was für ein Gegensatz, gepriesen sei der Kardinal Borghese für die Weisheit, Bernini den Auftrag gegeben zu haben, diesen Widerspruch in Anmut zu verwandeln.

Wie sollen solche Hände in der raueren Welt den richtigen Druck und das richtige Maß finden, dachte ich manchmal, wenn ein schwacher Händedruck mich schaudern ließ oder wenn ich ihn bei anderen zu beobachten meinte wie vor einem Jahr, als der Mann, der sich nun im Hintergrund hielt, dem lutherischen Pfarrer und den Kirchenvorständen die Hand geboten hatte und damit auch ihnen den kleinen Papststolz verschafft haben mochte, bis zum Ende ihres Lebens in mehr oder weniger heiterem Ton auftrumpfen zu dürfen: Einmal hab ich dem Papst die Hand gedrückt!

Einmal hab ich dem Papst die Hand gedrückt, wie mein Onkel Helmut sagte, der, nicht mal zwanzig, als Soldat an Pius XII. geraten war, mitten im Krieg. Arzt wollte er werden, wurde er später auch, 1942 Sanitätsunteroffizier bei der Luftwaffe, in Como für die Erholung verletzter Soldaten zuständig, er musste dienstlich nach Rom reisen. Vor seinem Termin in der Leitstelle spaziert er, natürlich in Uniform, durch das Zentrum und betritt, was Soldaten verboten ist und er nicht weiß, die Vatikanstadt, den Petersplatz, Ausland, aber ohne Schlagbäume, gerät ins Gespräch mit einem deutschen Kaplan, der ihn fragt, ob er Lust hat, an einer Papstaudienz teilzunehmen. Sie gehen in ein Büro, der Kaplan besorgt ihm ein Papier für den Eintritt, darauf steht, obwohl er nur Unteroffizier ist: Ufficiale.

Deshalb platziert man ihn in die erste Reihe, etwa dreißig Leute sind zugegen, alle fallen vor dem Papst auf die Knie, küssen den Ring, er als Protestant erhebt sich, knallt die Hacken zusammen und grüßt. Pius fragt ihn nach Namen, Rang, Herkunft, er kennt die nordhessische Gegend, aus der Helmut kommt, spricht von einem Krankenhaus in Kassel, das er als Nuntius oft besucht hat. Dann sagt der große Papst zum kleinen Unteroffizier: «Sie haben Glück, dass Sie einen solchen

Führer haben», drückt ihm die Hand und fragt, ob er ein Geschenk haben möchte. Da wird er verlegen, der junge Mann, was soll er sich als Protestant, als Deutscher, als Soldat wünschen vom Papst persönlich? «Vielleicht ein Bild?», fragt der. «Ja, ein Bild von Ihnen wäre mir sehr willkommen», sagt Helmut (das war natürlich geheuchelt, gestand er, als er mir das erzählte), und am Ende der Audienz wird ihm eine Postkarte mit dem Foto von Pius XII. überreicht.

Was bringt das Oberhaupt einer Kirche dazu, den größten Verbrecher des zwanzigsten Jahrhunderts, der im Jahr 1942 in aller Welt, außer im Deutschen Reich, als Diktator, Antisemit, Kriegstreiber und Mörder angesehen wurde, vor einem neunzehnjährigen, hergelaufenen deutschen Unteroffizier, als «Glück» zu preisen? Das habe ich mich oft gefragt, und das hat auch der Onkel sich oft gefragt, der, wie er sagte, schon damals die Nazis möglichst gemieden hat. Weil es so aussah, dass der sogenannte Führer dem Bolschewismus ein Ende machte? Aber ihn freiwillig, eindeutig und halböffentlich zu lobpreisen, das ging sehr weit, das hat den Onkel irritiert, und das hat mich irritiert, seit ich das Foto und diese Geschichte kenne, die jedoch, wie ich von Flavia gelernt habe, gut ergänzt, was die vom Vatikan unabhängigen Historiker über die vierziger Jahre erforscht haben. Vielleicht hat es mich deshalb nach Italien und in meinen Beruf gezogen, dachte ich manchmal, vielleicht bin ich deshalb ein Vergangenheitsschnüffler, Oberflächenkratzer und Scherbenschürfer geworden, weil so ein wichtiger Papst diesen Satz zu meinem Lieblingsonkel gesagt hat, dem gutgelaunten Doktor: weil ich herausfinden wollte, wie so etwas möglich war unter dem unschuldsblauen Himmel von Rom (doch das sind private Spekulationen, die nicht in diesen Bericht gehören).

Um bei den Fakten zu bleiben: Nun, auf der Kirchenbank, wollte ich nicht ein weiteres Mal über den schrecklichen Satz mit dem Führer nachdenken, sondern über den Händedruck, wie mag der Händedruck von Pius gewesen sein? Das hatte ich meinen Onkel nicht gefragt, jetzt war es zu spät, jetzt blieb nur die Vermutung. Der Pius-Händedruck, schätzte ich, dürfte fester gewesen sein als der seines hier sitzenden Nachfolgers. Schätzungen, Mutmaßungen, Vorurteile, ich weiß, aber sie stoben mir so durch den Kopf, schneller als Sternschnuppen, kaum gedacht, schon verflogen, während ich die Stimme des Psalmvorlesers hörte, ohne für die einzelnen Wörter und Sätze Aufmerksamkeit übrigzuhaben. Denn die linke päpstliche Hand bewegte sich zum ersten Mal deutlich, die Finger wurden gestreckt, dann zur Faust geballt, mehrmals hintereinander, und schließlich entspannt, als wäre mit der entschiedenen Bewegung ein Krampf beseitigt oder ein unangenehmes Ziehen in den Gelenken, ein kleines Missempfinden vertrieben.

Nach rechts schielend, einmal im schwungvollen Takt der Gehirnzellen von der Hand des Onkels zu der Hand des Pius, spürte ich, dass ich das Gestöber der Gedanken noch weniger unter Kontrolle hatte als vorher, dass sie weiter, dass sie in die schwärzere Geschichte abdrifteten. Ich versuchte sie zu bremsen, aber in Bruchteilen von Sekunden jagten sie in Richtung Krieg, Besatzung, Wehrmacht, SS, Razzia, Abtransport der römischen Juden, streiften die Ermordung von Geiseln und die bekannten und weniger bekannten Verbrechen, zielten auf Terrorberichte und die grauenstarken Bilder, fotografierte und erzählend ausgemalte Bilder, die, einmal vor Augen, sich so schnell nicht vertreiben ließen.

Im vorletzten Moment, also zu spät, versuchte ich mich auf die Psalmstimme zu konzentrieren, aber aus den Worten «Du wollest mich aus dem Netze ziehen, das sie mir heimlich stellten» konnte ich so schnell kein Bild bauen, das stark genug gegen heranrollende Lastwagen gewesen wäre. Im letzten Moment, also zu spät, versuchte ich, die Frauen zu mobilisieren, die schönen Frauen aus der Galleria Borghese herbeizuholen, um den Nazidreck, den tief in die Gedächtnistrümmer Roms gegrabenen deutschen Terror zu überblenden, als könne eine die fliehende Daphne bremsende Hand des Apoll, eine einladend lüsterne Danae oder eine beliebige Venus die scheußlichen Bilder der Männer in ihren Lkws vor dem Vatikan aus meinem Kopf scheuchen.

Wann ist man schon Herr seiner Gedankenblitze, ich war es auch in diesen Zehntelsekunden nicht, weder die Psalmen noch die Frauen waren stark genug gegen die Männer, die mir in den Sinn stürmten und die ich aus der sicheren Entfernung des Tagtraums beobachtete. Am Rand des Petersplatzes, wo das breite Oval seiner Säulen sich öffnet, an der Einmündung der Straße der Versöhnung, der Schlichtung, der Lateranverträge, da stehen sie an einem regnerischen Oktobertag 1943, vier oder fünf Lastwagen mit graugrünen oder schwarzen Planen, vor einem niedrigen Eisenzaun, der die Staatsgrenze markiert, stehen mit den Motorhauben, Vorderrädern Richtung Kirche und Kuppel, Auspuff zum Tiber, zur Engelsburg, nicht militärisch aufgereiht in vorgeschriebenen Abständen und rechten Winkeln, sondern unregelmäßig. Am Steuer, auf den Vordersitzen junge Kerle in der Uniform der SS, Jünglinge, die den starken Mann, Dummköpfe, die Elite spielen dürfen, gut ausgebildete Terrorhelfer und Mordgesellen. Da sitzen sie, hinter den Windschutzscheiben, und schauen zum Brunnen mit dem Obelisken, zur Fassade, zur weltberühmten Kuppel, zu den Säulengängen, sie lassen den Motor laufen, eine Zigarettenlänge Pause, sie staunen, sie starren, sie rauchen.

So haben es Augenzeugen berichtet, die wussten, welche Fracht die jungen Männer hinter sich auf der Ladefläche hatten: Menschen, dichtgedrängt, eingezwängt stehend, aus ihren Betten, ihren Wohnungen befohlen von brüllenden und bewaffneten Deutschen, fünfzehn Minuten Zeit, ein paar Sachen zum Anziehen, etwas zu essen in einen Koffer zu werfen, bei strömendem

Regen auf die Ladefläche, einer zum andern, immer dichter gepfercht, Frauen, Männer, Säuglinge, Kinder, Alte, viele in Nachthemden, den Mantel übergeworfen, frierend, vor Angst stumm, vor Angst schreiend, schluchzend, stöhnend, ins Dunkel der schweren, schwarzen Plane gesperrt. So sind sie, schwankend stehend, durch die Stadt gefahren worden, kreuz und quer, scheinbar ohne Ziel, ins Ungewisse, und endlich ein Halt.

Ein Halt, so lässt sich aus Berichten und Dokumenten schließen, weil die jungen Männer in ihren schwarzen Uniformen für einen Moment entspannen wollen, nachdem sie den ersten Teil ihres Befehls erledigt haben: Häuser durchkämmen, Bewohner hinaustreiben, auf die Lastwagen verfrachten, keinen entkommen lassen. Sie nennen das Razzia, sie haben das geübt, sie haben das vorschriftsmäßig erledigt, keine besonderen Vorkommnisse. Sie haben ihre Fracht nur noch abzuliefern in einer Kaserne ein Stück tiberaufwärts, aber diesen Teil des Befehls zögern sie ein wenig hinaus. Sie kennen sich nicht aus in Rom, da macht man Umwege und kann behaupten, sich verfahren zu haben wegen der vielen Tiberschleifen, der engen Straßen. Autofahren macht Spaß, wenn man Herr im Land ist und den Dienst, den anstrengenden Teil des Dienstes erledigt hat und sich ein paar Umwege gönnen darf, eine kleine Stadtrundfahrt, vorbei am imposanten marmorweißen Riesendenkmal, auf der Imperatorenstraße winkt man gern mal als siegreicher Feldherr zum Forum, zu Cäsar,

Augustus und zu den Triumphbögen hinüber, das Kolosseum muss man einmal umrundet, die Engelsburg und St. Peter aus der Nähe gesehen haben.

Die Männer hinter den Windschutzscheiben sind weiter im Norden stationiert und erst am Tag zuvor für diesen Einsatz angelangt, sie sind nie in der Stadt, die man ewig nennt, gewesen und werden vielleicht nie wieder herkommen. Seit sechs Wochen hat die Wehrmacht Rom besetzt, führt das Großdeutsche Reich Krieg gegen die Italiener, die als Verräter gelten, weil sie nicht so gehorsamsdumm sind wie die Deutschen. Niemand weiß, wie das ausgehen wird, die Amerikaner stehen schon in Neapel, da muss man die Minuten nutzen in bella Italia, im ewigen Rom. Sie sind im Dienst und möchten auch mal Touristen sein, wenigstens fünf Minuten oder drei, eine Zigarette lang vor der größten Kirche der Welt und der schönsten Kuppel der Welt, Wahrzeichen, Mittelpunkt, Orientierungshilfe auch für durchreisende SS-Männer. Fotoapparate haben sie nicht dabei oder vielleicht doch dabei, sie speichern den Anblick im Gedächtnis, damit sie zu Hause der Braut, der Mutter, den Kumpanen und vielleicht auch dem Priester etwas zu erzählen haben, etwas zum Angeben für richtige Helden: Ich habe den Petersdom gesehen und fast auch den Papst.

Auf der harten Kirchenbank, in einer völlig anderen Epoche, merkte ich wieder, dass ich diese Szene, die tastend zu beschreiben vieltausendmal länger dauert als ihr Gleiten über das Nervengewebe im belästigten Gehirn, nicht einfach wegblenden konnte. Ein Geheimnis, das ich mit mir herumschleppte. Ein Puzzlestück aus dem großen Rom-Puzzle, das ich den Fremden, die ich führe, nicht aufdrängen will, ein Fremdenführer mit düsteren Visionen wird erst seine Kunden und dann die Aussicht auf das seit einem Jahr versprochene, immer noch nicht ausgefertigte Patent der Comune di Roma verlieren.

Ich hatte mich damit abzufinden, das Blitzbild vom Rand des Petersplatzes, selbst wenn Massen von Touristen und Pilgern sich hier bewegten, nicht mehr aus dem Kopf zu kriegen, und das nicht allein der jungen Männer, sondern ihrer Gefangenen wegen. Die hatten an jenem Oktobermorgen schnell bemerkt, wo sie sich befanden, da wird es Ritzen oder kleine Löcher in den Planen gegeben haben, ein winziger Ausschnitt genügt, da braucht der Römer keine Kuppel, um zu wissen, wo er sich befindet: am Petersplatz. Das ist die Hoffnung, fast schon die Rettung, und so rufen die zusammengequetschen Menschen nach dem Papst, sie schreien um Hilfe, nehmen alle Kraft der Stimmen zusammen. Wenigstens einer von den Priestern, die hier gewöhnlich entlanglaufen, geschäftige Kirchenleute in kleinen Gruppen, zu zweit oder allein, irgendjemand wird den Papst alarmieren, hoffen sie.

Jahrhundertelang eingesperrt und verfolgt von den Christen, das zählt nicht mehr, jetzt kann nur er noch zum Retter werden, der Nachbar, ihr Schutzschild, wie sie seit Mussolini, seit Hitler denken. Sie gehören zu den ältesten Römern, ihre Vorfahren haben sich noch vor den ersten Christen hier angesiedelt direkt am Tiber. Sie schreien um Hilfe, sie sind betrogen worden, sie haben drei Wochen zuvor all ihr Gold zusammenwerfen müssen, fünfzig Kilogramm, um vor Deportationen sicher zu sein, das haben ihnen die Deutschen, das hat der oberste SS-Mann Kappler versprochen. Sie schreien, aber wegen der laufenden Motoren sind die Schreie kaum zu hören, sie dringen nicht einmal bis zur Mitte des Platzes, schon gar nicht bis zum Arbeitszimmer des Papstes hinauf, nicht einmal bei offenem Fenster. Selbst wenn er zufällig gerade dort stünde, er würde allenfalls die Lastwagen nah an seiner Staatsgrenze sehen, kein ungewöhnlicher Anblick im besetzten Rom, würde vielleicht den Kopf schütteln über die respektlosen Deutschen und sich weiter seinen Aufgaben zuwenden.

Hier brach die Erscheinung ab, die kurze Petersplatz-Sequenz, die mir auch wegen des dumpfen Zynismus oder der Naivität der jungen Mordgehilfen so oft durch den Kopf spukte. (Vielleicht, denke ich beim Schreiben dieses Berichts, komme ich von den Kerlen deshalb nicht los, weil ich sie als besonders perverse Touristen sehe, die Krieger als Ur-Touristen.) Zugegeben, es passte mir nicht, dass man die Stelle des Platzes, wo die Lastwagen ungefähr gestanden haben mussten, an der Einmündung der Straße der Versöhnung, mittlerweile auf den Namen Pius XII. getauft hatte. Trotzdem haben diese Bilder, die stärker waren als die Kraft, sie wegzuknipsen, mit dem Mann auf der Marmorbank nichts zu tun, versuchte ich mir einzureden, aber das stimmte nicht. Vielleicht waren meine Abwehrkräfte gerade seinetwegen so schwach, weil die Hände, über deren Druck ich nachdachte, schon dabei waren, den Vorgänger, der Hitler als Glück bezeichnet hatte, mit einer Seligsprechung zu belohnen. Ausgerechnet diese deutschen Hände versuchten die unbestrittene Hilfe jenes Papstes für Nazi-Verfolgte aufzuwiegen mit der umstrittenen Geschichte seines sogenannten Schweigens und der unbestrittenen Hilfe für Nazi-Verbrecher. Die geplante Erhebung in die Seligkeit irritierte mich auch deshalb, weil das Fernsehen des Fernsehdespoten zur Vorbereitung dieses heiligen Aktes das Leben des Pius schon als Drama hatte verkitschen lassen auf Kosten der ermordeten Juden. Und weil wieder nur die jüdische Gemeinde dagegen protestiert hatte, auch in Richtung Petersplatz, wieder ganz allein und wieder ungehört.

Schon lauerte die Frage, wie die Schnapsidee des Kirchenvaters Augustinus durch die Jahrhunderte gewirkt hatte, alle Juden für alle Zeiten für den Tod Jesu verantwortlich zu machen und für sie eine Art Erbsünde einzuführen, die Strafe ewiger Knechtschaft. Nach dieser Logik, hatte Flavia einmal auf ihre verschmitzte Art gesagt, hätte er wegen Pontius Pilatus, der war doch zuständig, alle Römer verteufeln und zu ewiger Knechtschaft verurteilen müssen. Während ich den intelligenten Deutschen rechts neben mir in seinem unauffälligen Anzug beobachtete, drängte die nächste Frage vor, wie man es als intelligenter Deutscher schafft, einen Heiligen zu verehren, der wie kein Bischof vor ihm mit der Rechtfertigung von Pogromen und dem Hass auf Andersgläubige am Ende auch den Konsorten um Hitler, Himmler und Kappler das Muster geliefert haben mochte? Oder durfte man solche Gedankenbrücken nicht schlagen von einem Sündenklumpen zum andern, von Augustin zu seinem Schüler Luther zur Wannseekonferenz, zu den Befehlen und der Grausamkeit des Gehorchens und Funktionierens, zum eingeimpften Judenhass schwarz uniformierter junger Männer?

Mit aller Kraft versuchte ich die Nazi-Geschichte, bei der man stets Gefahr läuft, als Spätergeborener die kleine Trommel wohlfeiler Anklagen zu rühren, aus dem Kopf zu wischen. Dabei werbe ich sonst bei jeder Gelegenheit dafür, dies Thema anzusprechen. Immer wieder stelle ich mich vor die Kundschaft und behaupte: Man kann Italien nicht verstehen, wenn man nicht weiß, welche Wunden hier in nur zwanzig Monaten zwischen 1943 und 1945 geschlagen wurden, einhundertfünfundsechzig Morde pro Tag, die toten Partisanen, Soldaten und Zwangsarbeiter nicht gerechnet. Man kann Rom nicht durchschauen, wenn man nicht spürt, welche Befehle, welche Schüsse unserer uniformierten Väter, Onkel und Großväter selbst in den versöhnlichen italienischen Seelen gespeichert bleiben. Deshalb zuckt er ja immer wieder auf, der Vergangenheitsreflex, wenn Menschen deutscher Sprache am Strand, am Cappuccinotisch oder vor einer Kamera auftreten, sich nicht benehmen, herrisch ihre Blondheit ausstellen, belehrend wirken oder selbst wenn sie vorsichtig und rücksichtsvoll etwas Unbequemes ansprechen oder ein Übel zu kritisieren wagen, das auch Italiener kritisieren, dann schnellt er los, dieser Reflex, mal stumm, mal leise, mal lauter: Du und dein Hitler! Du sei mal still!

Die beiden stichelnden Silben dieses Namens lassen sich nicht aus dem Gedächtnis der Völker löschen, dieser Fluch ist der Preis, den wir für den Hass und den Gehorsam der Väter und Großväter zu bezahlen haben, das ist mir in siebenundzwanzig Jahren Italien und in vierundzwanzig Jahren mit Flavia klargeworden, ein vergleichsweise geringer Preis für so viel Hass und Gehorsam. Gerade in Rom ist das nicht zu vergessen, wo einer dieser Mörder auch im Frühjahr 2011 noch als lächelnder Greis herumläuft, wie ich meinen Zuhörern erkläre, wenn wir an der passenden Stelle stehen: Der zweithöchste der SS-Männer Roms, ein Folterspezialist, der bei der Deportation der Juden und später bei der Rache-Erschießung von dreihundertfünfunddreißig Römern beteiligt war und sich danach mit Hilfe des Vatikans in Argentinien verstecken konnte, der spaziert als fast hundertjähriger Pensionär mit Hausarrest in Polizeibegleitung durch die Villa

Doria Pamphili, in den Supermarkt und in die Kirche und bekommt Beifall der italienischen Faschisten, die ihn auf ihren Internetseiten bejubeln und fast als Juror für die Wahlen zur «Miss Destra» einspannen konnten. Unwichtig der Mann, pflege ich zu sagen, obwohl so viel Geschichte in seinen Händen zusammenschnurrt. Man sollte nur wissen, dass da einige Gespenster sehr lebendig unter dem paradiesblauen Himmel herumlaufen und mehr uniformierte Gespenster, als wir vermuten, die Köpfe der Leute belagern.

Immer wieder sehe ich zum Beispiel den Geist Kapplers in der Stadt spuken, nicht nur in der Via Tasso beim Lateran, wo seine SS gefoltert hat, direkt hinter der Heiligen Treppe, in Rufweite der Kapelle Sancta Sanctorum, nicht nur vor der Synagoge, wo er erpresst und verhaftet, nicht nur an der Via Appia, wo er gemordet hat. Der Italienliebhaber in SS-Uniform, er spukt auch in der Nähe des Kolosseums herum, auf dem Celio vor dem Militärkrankenhaus, wo er als schwerbewachter, schwerkranker, zu lebenslanger Haft verurteilter Mörder aus dem dritten Stock bei hellem Nachthimmel von einer deutsch-italienischen Seilschaft angeblich abgeseilt und nach Deutschland entführt wurde im Terrorjahr 1977. Ein unbekannt gebliebenes, ein klassisches römisches Wunder, das Abseilwunder vom Monte Celio in der Nacht vor der Himmelfahrt der Jungfrau Maria und dem Gedenktag für den heiligen Alypius, der einst die Zuchthengste nach Ravenna gebracht hat.

Da nützt auch kein deutscher Papst, sage ich den Fremden, die ich führe, kein Michael Schumacher, der für Ferrari einen Weltmeistertitel nach dem andern geholt hat, und kein Goethe als erfolgreichster Touristenlockvogel aller Zeiten, die deutsch-italienische Verständigung, wie Politiker und Diplomaten mit geölten Stimmen sagen, wird immer schwierig bleiben. Selbst unsere wendigsten Fußballer, auch wenn sie türkische Namen tragen und für italienische Vereine spielen, sind in diesem Land «Panzer». Alarich und Adolf und Kappler und Kesselring, den Florenz-Zerstörer und Partisanenschlächter, die schaffen wir nicht so leicht aus der Welt. Flavia verzeiht mir immerhin den Alarich, sie kennt die Geschichte: Wir Römer bauen eine schöne dicke Mauer, die Aurelianische, die alle Welt bis heute bewundert, aber wir sind zu blöd, dazu noch Soldaten hinzustellen, wenn die Goten kommen und einfach in die Stadt hineinspazieren, also – Alarich ist geschenkt. Benito und Adolf, sagt sie, das sind schon andere Kaliber, die werden noch lange ihre Schatten werfen.

Wir Deutschen bilden uns ja gern ein, erkläre ich manchmal, wenn ich mit einer Gruppe im Ristorante sitze (auch dafür kann man mich buchen: Hintergrundgespräche bei Spaghetti und Osso buco), wir Deutschen denken ja, wir würden, schon weil wir die Luft Cäsars oder Raffaels zu atmen glauben und beglückt vor kleinen Trattorien die Nudeln viel zu kräftig mit Parmesan bestreuen, irgendetwas an den

Beziehungen zu Italien verbessern. Wir meinen, wir täten schon was für die sogenannte Verständigung, nur weil wir nicht in Stiefeln und nicht im Gleichschritt und nicht so uniform wie die asiatischen Großgruppen oder die von Kreuzfahrtschiffen aus Civitavecchia herangekarrten Rom-in-vier-Stunden-Touristen über die schwarzen Steine laufen und artig buon giorno sagen und das Wort Espresso einigermaßen akzentfrei, jedenfalls besser als die Amerikaner, aussprechen können.

Aber wir verständigen, wir verstehen gar nichts, wenn wir nicht die Geschichte verstehen, das heiße, vulkanische Pflaster der Geschichte. Dreitausend Jahre, meinte Goethe, müsse man schon draufhaben, ich biete zweitausend, mit tausend Lücken, natürlich. Unsere Vorfahren sind ein bisschen zu oft Eroberer gewesen, und dann büßen wir noch für die Österreicher mit, die auch als Tedeschi bezeichnet wurden. Das böseste Schimpfwort, das uns gilt, Crucchi, stammt von hungernden, nach Brot schreienden Kroaten in österreichischer Uniform des Ersten Weltkriegs, all das geht auf unsere Rechnung. Krieger, Plünderer, Besatzer, als würde das nicht reichen, können wir auch unsere Neigung schlecht verstecken, in diesem Land den inneren Polizisten hervorzukehren und mal still, mal lauter nach Regeln zu rufen. Im Straßenverkehr wird der Verkehrspolizist in uns wach, in der Bahn, beim Müll, in der Bank, in der Post, auf dem Amt könnten wir sofort und mit besten Gründen als Inspektor oder

Controller anfangen, bei Steuerschummelei möchte der Finanzpolizist eingreifen, bei jedem neuen Korruptionsfall der Wahrheitspolizist die Arbeit beginnen. Auch in mir erwacht er immer wieder, der innere Ordnungshüter, und zum Glück hab ich eine Frau, die darüber lachen kann. Sogar der Deutsche nebenan auf der Marmorbank, dachte ich jetzt, der sich offenbar ausruht und entspannt, erhebt sich, als hätte er nicht schon genug Probleme, zum Polizisten, zum Richter, will Ordnung schaffen und über einen italienischen Vorgänger das letzte Wort haben, der Verbrecher und Verfolgte schützen ließ und pauschal die Kommunisten exkommunizierte und keinen einzigen Faschisten, das letzte Wort: selig.

Wir können machen, was wir wollen, sage ich oft, für die Italiener und erst recht für die Römer sind wir Germanen und seit den Germanen immer die Täter. Wir haben Italien überfallen, mehr als einmal, als Goten, Landsknechte, Nazis verkleidet, und Rom geschändet, kein Zweifel. Was Franzosen, Spanier, Habsburger und die endlos vielen unfähigen Päpste diesem Land angetan haben, oft nicht weniger brutal, das zählt nicht, die brauchbarsten Feinde sind nun mal wir, sind Sie, meine Damen und Herren, jeder von Ihnen. Nehmen Sie den Sacco di Roma, 1527: Der katholische Kaiser, der Habsburg-Spanier Karl V. greift den Papst an, der ihn provoziert hat, mit vierzehntausend deutschen und fünftausend spanischen und zweitausend italienischen Landsknechten, die Rom plündern, so schlimm, wie es nie geplündert wurde. Weil die meisten deutschen Söldner mehr oder weniger mit Luther sympathisieren und einer dessen Namen in den Vatikan geritzt hat, während die goldgeilen Spanier und die Italiener nicht weniger grausam gewütet haben und die damals noch protestantischen Schweizer Gardisten den Papst schützten, gelten am Ende nicht die Katholiken, nicht die Spanier, nicht der katholische Kaiser, sondern die Deutschen, die Protestanten als die schlimmsten Barbaren. Acht Jahre später wird dieser Karl, der fast als Papstmörder in die Geschichte eingegangen wäre, in Rom mit allen Ehren von Paul III. empfangen, das, nun ja, ist Politik, und Politik heißt: vergessen. Nur eins bleibt sicher: Wir Deutsche, mit Verlaub, haben die Arschkarte, wir sind nun mal die Täter.

Und wir Italiener, sagt Flavia, falls wir einmal so richtig pauschal werden wollen, fühlen uns immer als Opfer, in jeder Lebenslage, siamo vittimisti, meint sie. Obwohl unsere Alten doppelt so lange wie eure Alten Faschisten gewesen sind, obwohl unsere in Äthiopien, Libyen, Griechenland und auf dem Balkan eine halbe oder eine ganze Million Menschen umgebracht haben, nicht nur als Soldaten, auch in KZs, mit Giftgas, Massenerschießungen und gezieltem Verhungernlassen. So viele Opfer der Mussolini-Kriege jedenfalls, dass sie in siebzig Jahren immer noch nicht genauer gezählt sind, vielleicht waren es null Komma sechs plus x Millionen, vielleicht eins Komma eins, die Zahl ist jetzt nicht die Hauptsache, mir geht es um das Schuldgefühl: null

Komma null. So viel null und nichts, dass man den Schülern nichts erzählt davon und Studenten höchstens, wenn sie fragen. Niemand spricht darüber, auch linke und liberale Journalisten nicht, niemand. Unsere Sünden sind noch nicht mal gebeichtet, umso mehr werdet ihr, weil eure Alten ohne Zweifel die schlimmsten Täter stellten, weiter als Täter gebraucht, auch weil es für uns so schön bequem ist, Opfer zu sein. Der Täter, der Spitzbube als Unschuldslamm, in dieser Disziplin sind speziell unsere Männer schwer zu schlagen, Gold, Silber, Bronze, irgendeine Medaille trägt jeder auf der Brust. Keiner will verantwortlich sein, alle fühlen sich unschuldig, und wenn es mal schiefgeht, und es geht meistens schief, dann wird man niemals hören: mea culpa!, dann ist der Schiedsrichter schuld oder der Richter oder die Regierung. Oder die Germanen.

Sünder und Sündenbock zugleich, da seid ihr eine ideale Kombination, unverzichtbar in einem Land, wo man sich regieren lässt, spottet sie, von einer Partei der Diebe, Partito dei Ladri, PDL, Ganoven, Räuber, Lügner, die noch stolz darauf sind, Ganoven, Räuber und Lügner zu sein. Und eh einer von unseren Strolchen etwas zugibt, wird er erst mal den Zeigefinger, die Faust, die Verwünschungen auf die andern, die Justiz, den Staat und, wenn das nicht reicht, auf die Germanen oder die regierende Germanin richten. Jeder erzdemokratische Deutsche, lästert Flavia, muss damit rechnen, den Hitlerbart angemalt zu kriegen, nur weil dies Land nicht reformierbar ist, man keinen funktionierenden Rechtsstaat hinbekommt und sich freiwillig von einem Mafiafreund regieren und an der Nase herumführen lässt. Und wenn der mit seiner Bande dies Land in Grund und Boden gewirtschaftet hat, wird auch wieder keiner schuld sein, weder er noch seine gekauften Abgeordneten und erst recht nicht die, die ihn gewählt haben. Dann geht der Zeigefinger wie die Magnetnadel wieder nach Norden, da kannst du Gift drauf nehmen.

Wir können uns noch so sehr Mühe geben und europäisch verschwistern und verschwägern, erkläre ich meinen braven Deutschen, wir können noch so viele Loblieder singen auf das Land mit den herrlichsten, vielfältigsten Landschaften, dem besten Klima, dem noch besseren Essen und den feinsten Fischrestaurants und den schönsten Frauen, wir können von morgens bis mitternachts den Oleander, die prächtigen Dekolletés, die solide Verfassung, das mediterrane Temperament, die Brunnen, den netten Südländer, die tüchtigen Staatspräsidenten, den Tanz der Baristi vor ihren Kaffeemaschinen, die Feigen, die wunderbaren Plätze, die Septembersonne und die Mode preisen, können vom italienischen Morgenlicht und vom Abendwind schwärmen und die beliebtesten Klischees im teuersten Geschenkpapier überreichen, wir bleiben die Germanen, die Eroberer, die bewunderten Ungeliebten, die Panzer, zumindest für die nächsten hundert Jahre. Also, meine Damen und Herren, bilden Sie sich nicht ein, Sie könnten die Beziehungen zwischen unsern

Ländern aufpolieren, wenn Sie bei den Kellnern tapfer zurücklächeln.

So spielte mir das Gehirn wie ein Orchester die Motive zu, Melodien und Variationen höherer und tieferer Stimmen der sogenannten Italienliebe, schnelle oder langsame Takte nützlicher Missverständnisse und Schnulzen roter Sonnenuntergänge und schwarz getuschter Regenhimmel, der unendliche Kampf zwischen Dur und Moll, Irdischem und Himmlischem, Fakten und Wundern. In Rom wollen die Wunder bestaunt werden, und mein deutscher, mein bremischer Kopf will immer noch möglichst viel Wahrheit erjagen und die Würde des Zweiflers wahren. Die Stadt lebt von ihren Legenden, und ich lebe davon, ein paar dieser Legenden für meine Kundschaft auszuleuchten. Einen schöneren Widerspruch kann ich mir nicht gönnen, ein besseres Los nicht vorstellen, und jetzt, da drei Vertreter der Wunderfraktion, drei Legendenbeauftragte fast neben mir saßen ohne sichtbare Beschäftigung und keine Anstalten machten zu gehen, wollte ich die Chance nicht verstreichen lassen, weiteren Fragen aus dem Arsenal der Wunder nachzugeben.

Calcata, auch dies aufspringende Bild gehört ins Protokoll des Nachmittags, was war mit der Reliquie aus Calcata geschehen, der Vorhaut des Jesusknaben? Nachdem sie jahrhundertelang in der allerheiligsten Privatkapelle der Päpste über der Heiligen Treppe verehrt wurde, dann beim Sacco di Roma verloren, dann durch ein Wunder wiedergefunden war, hat man sie in Calcata bei Viterbo ausgestellt und angebetet, wie viele Pilger kamen ihretwegen in den Dom von Calcata, bis man sie vor kurzem heimlich nach Rom in ein Versteck oder tief ins Archiv geschafft hat, als reiche der heutige Glaube nicht mehr aus für jedes Wunder, als wolle man von dem zweitausend Jahre umfassenden Abenteuerroman, den dieses Körperteil erzählen könnte, nichts mehr hören und wissen. Wer durfte sprechen über so schwierige Dinge wie Beschneidungen, jüdische Sitten, das Ja oder Nein zu bestimmten Reliquien, wer entschied über so heilige Körperteile? Warum stellt man die abgetrennten Köpfe zweier verfeindeter Apostel im Lateran aus, zeigt den Finger des ungläubigen Thomas und die Dornen der Dornenkrone des Gekreuzigten in Santa Croce, nicht aber die ebenso reale Vorhaut des Knaben?

Dumme Fragen, ich wusste es, falsche, unerlaubte, ungehörige Fragen. Die Kunst des Zweifels ist nicht erwünscht, Aufklärung kein Ziel unter dem klaren oder regenschwarzen Himmel von Rom, das haben die Fremden und vor allem die Germanen gefälligst zu lernen, wenn sie sich schon als Gäste aufdrängen und einmischen. Sie haben das Unwahrscheinliche und Unglaubliche zu mögen und dankbar und ergeben aus dem Fundus zu schöpfen, den die Hauptstadt der Legenden, Märchen und Mythen bietet. Auf die Wahrheit kommt es nicht an, sie wird überschätzt, dafür gibt es die Bocca della Verità, wo die Touristen aus allen Ländern Schlange stehen und mit ihrer rechten oder linken Hand demonstrieren, dass sie keine Lügner sind und die Welt keine Lügner mehr kennt. Alles schluckt das Wahrheitsmaul, das Lügenmaul, alles wird verschlungen und verdaut, Pferde inklusive, ganze Pferde, ganze Schiffe voller Pferde. Und wieder stürmten sie heran, die Hengste des Bischofs von Hippo, als wollten auch sie hin zum großen Wahrheitsmaul, ich versuchte sie am Zügel festzuhalten.

Sie galoppierten durch mein Gehirngelände und gleichzeitig, weil ich es so wollte, über meine Rom-Pfade, die alten Hengste oder ihre Nachkommen wer weiß welcher Pferdegeneration seit 418. Ich fuhr mit der Gedächtniskamera durch die Straßen und schwenkte über die riesigen Pferdegespanne auf dem Altar des Vaterlandes hoch über die höchsten Dächer, auf die Quadriga des Justizpalastes, auf das gigantische Ross Garibaldis und das wilde seiner Frau Anita am Gianicolo, auf den Saulus-Gaul von Caravaggio, sammelte die aus den Steinen springenden, mit Schwimmflügeln geschmückten Pferde im Trevibrunnen, die Meerpferde und den Umberto-Hengst aus der Villa Borghese, den wackeren Germanenschlächter Marc Aurel auf seinem Pferd hinzu und die Dioskuren Castor und Pollux, die reitenden Zwillinge, Urgötter Roms mit einem Tempel auf dem Forum und Skulpturen auf dem Kapitol und dem Quirinal, dem Monte Cavallo.

Das passte alles, das passte mir, schon dachte ich an Führungen für Pferdefreunde, zahlungskräftige Kundschaft, Inserate in der Reiterfachpresse. Eine Marktlücke, anhand der römischen Pferde die Geschichte der Stadt zu erzählen, von Castor und Pollux als Schutzgötter der Reiter bis hin zu der Kaserne, wo der Öldiktator aus Libyen seine Rassepferde hatte vortanzen lassen aus den üblichen schäbigen Gründen, und zurück zu den heiligen Hengsten, dargeboten auf den Treppen vor Sant'Agostino. Pferdeliebe hin oder her, man muss zugeben, dass die guten Tiere ausgespielt haben in der Ewigen Stadt, ein Dutzend Polizeipferde zählen nicht, die letzten Klepper ziehen Kutschen mit ausländischen Greisen und Hochzeitsreisenden durch den Höllenverkehr, und an Karneval dürfen einige Showpferde auf der Piazza del Popolo die Nostalgie beleben. Es regiert die Epoche der Hunde, Ratten, Riesenmöwen und roten Palmenkäfer, Pferde gibt es nur noch auf dem Land oder auf Deckengemälden, stürzend mit dem Sonnenwagen.

Wenn ich mutiger wäre und ein besserer Augenerzieher, könnte ich hinter jedem Marienbild die unsichtbaren Rösser zeigen, im Hintergrund der Historie, die Zuhörer verwirren mit der Frage, ob es den Kult um Maria, ob es all die Muttergottesbilder und die Mariensäule bei der Spanischen Treppe überhaupt gäbe ohne die Hengste und die Erbsünde. Beides Ergebnisse eines Konzils im Jahr 431, müsste man denen erklären, die für solche Details Neugier mitbringen. Nachdem die

Übersetzer zuerst aus der hebräischen jungen Frau eine griechische Jungfrau gemacht hatten (in der Septuaginta, könnte den Gebildeten gesagt werden), nachdem der berühmte Hieronymus beim Übertragen des Lukas vom Griechischen ins Lateinische (in der Vulgata) der Maria, die Lukas «anmutig» genannt hatte, die Anmut genommen und ein «voll der Gnaden, gratia plena» beigegeben hatte, war ihr Aufstieg als jungfräuliche Gottesmutter gebahnt, 431 Jahre nach der Geburt ihres Knaben. Jesus durfte nicht auch als Sündenfleisch geboren sein, also brauchte er eine jungfräuliche Mutter. Die Gottesgebärerin wurde auf dem gleichen Konzil beschlossen, auf dem das Erbsündenkonzept, die Verbannung des Eros aus der Kirche durchgepaukt wurde. Ein interessanter Tausch, Paradigmenwechsel würden die Akademiker sagen, auf einem Konzil, wo es auch nicht ohne Schwert, Erpressung, Aussperrung abging, Ephesus, falls sie es genauer wissen wollen, die Damen und Herren: Wunder, wohin man schaut.

Die Finger bewegten sich, lagen einen kurzen Moment lang gespreizt auf dem schwarzen Stoff über den Oberschenkeln, der alte Herr erhob sich mit vorgebeugtem Oberkörper, sehr langsam, ich sah ihn leicht gebückt zuerst, dann gerade, auffällig aufrecht, und nach ihm standen seine beiden Begleiter auf. Er drehte den Kopf ungefähr in meine Richtung, als hätten die Pferde oder meine ketzerischen Gedanken seine Regung provoziert, doch er schaute nicht weit genug nach links, um einen Blickwechsel zu ermöglichen. Obwohl die Vernunft mir sagte, dass er nach mir nicht Ausschau hielt und die Veränderung von der Sitzhaltung zur Stehhaltung mit mir nichts zu tun haben konnte, hoffte ich im ersten Moment einer Zehntelsekunde, er wolle das Gespräch, das noch keines war, da fortsetzen, wo ich uns schon hinphantasiert hatte, an neutralem Ort, auf den Treppen vor Sant'Agostino in der prickelnden Frühmärzluft, in der schmeichelnden Nachmittagssonne, vor dem mit Autos vollgequetschten Platz, von keiner Etikette gestört. Und in einer zweiten Zehntelsekunde, er wolle vielleicht, vor seinem Weg zum Ausgang, die unverhoffte Begegnung mit einem ordentlichen Händedruck beenden, um meine archäologischen Spekulationen zu widerlegen und die ungezügelten Ausflüge meiner Assoziationen zu unterbrechen.

Niemand sonst stand auf, auch ich nicht, nur die beiden Begleiter flankierten ihn stehend. Ich beobachtete ihn, immer noch von der Seite, mit dem Zeitlupenblick, den ich mir angewöhnt hatte, ohne die Sekunden und Zehntelsekunden zu zählen, ohne die Minuten wahrzunehmen. Die fließende Zeit interessierte mich nicht, und ich hätte immer noch nicht sagen können, ob wir zwei oder zwanzig Minuten nah beieinandergesessen hatten. Außer den Händen musterte ich die Haltung des schlanken Körpers und wagte nicht zu vermuten, wohin seine nächsten Schritte gehen könnten. Es tauchte kein mit Talarautorität ausgestatteter Pfarrer auf, um den Gast zu begrüßen oder zu verabschieden, der Psalmvorleser war immer noch nicht fertig oder las seinen Text zum dritten oder vierten Mal, niemand unterbrach ihn, niemand löste ihn ab, auch die Orgel schwieg, es schien alles etwas aus der Ordnung geraten oder von absichtsvoller Regellosigkeit gelenkt.

Im Stehen machte er, von der Seite gesehen, keine schlechte Figur, eine bessere jedenfalls als sein direkter Vorgänger, der gerade in Gestalt eines neuen, eben eingeweihten Denkmals auf dem Bahnhofsvorplatz neben den Bushaltestellen auferstanden war, ein missglücktes und selbst von der servilen Lokalpresse heftig kritisiertes Standbild des bald Seligzusprechenden. Ein debil wirkender Kopf, Mussolini ähnlicher als dem berühmten Papst, auf einer mantelartigen, vorn weitgeöffneten Bronzetonne von wuchtiger Hässlichkeit. Was den schützenden, helfenden Mantel der Kirche vorstellen mochte, wirkte als metallkalter Hohlraum, und was als päpstliche Autoritätsperson gedacht war, erinnerte an einen Exhibitionisten, der die Blicke der Reisenden und Busfahrgäste auf seinen weitgeöffneten Mantel, auf sein leeres Innenleben lenkt. Von einem kirchennahen Künstler gefertigt, von einer frommen Stiftung finanziert, vom halbfaschistischen Bürgermeister Roms als Geschenk angenommen, von einem Kardinal geweiht, bei so viel Dilettantismus murrten die Römer dann doch, die kirchentreuen und die kirchenkritischen. Das Denkmal ein Beispiel für die Blasphemie der Superfrommen, für eine fast ketzerische Formlosigkeit, ein einziger Ausdruck von Angst, wie ich bei den Führungen sage, ein Produkt aus schlaffem

Opportunismus, weder christlich noch künstlerisch, noch faschistisch, doch von allem etwas dazugepanscht in seltener Hässlichkeit.

Er aber stand, lebendig und aufrecht, ohne Mantel und mit unbedecktem Kopf vor der Marmorbank, er musste nicht für Denkmäler Modell stehen, es war nichts an ihm auszusetzen. Die Hände rührten sich, er streckte die linke vor, ballte sie zur Faust, lockerte sie, die rechte Hand wiederholte die diskreten Bewegungen, ehe beide wieder in die gewölbte, nach innen gekehrte Haltung lauernder Untätigkeit und störrischer Vorsicht fielen. Stehend wirkte er stärker, doch mehr als vorher spürte ich, obwohl er näher schien, den Abstand, die immer größeren Ringe der Distanz, die ihn auch ohne die Rüstung seiner Amtstracht umgaben, und ich dachte, irgendwie hat der gute Mann sich verirrt, sich auf dem Weg zum Himmel verlaufen und steht nun wie ratlos in dieser Protestantenkirche herum. Vielleicht war es aber ganz anders, und er konzentrierte sich und suchte außerhalb seines Machtbereichs, fast tollkühn auf feindlichem Gelände, ein wenig Abwechslung, Erholung, Atempausen.

Etwas an seinem Trauerblick, vielleicht auch die in der Luft liegende Ängstlichkeit, die ihn umgab, erinnerte mich, völlig unpassend, an den großen Ketzer auf dem anderen Denkmal, an Giordano Bruno. Dessen Angstsatz «Vielleicht seid ihr, die ihr mein Urteil sprecht, in größerer Angst als ich, der ich es empfange» zitiere ich am Campo de' Fiori, wenn die Geschichte des lebendig verbrannten Mönchs, seiner Denunzierung und Ermordung durch die Inquisition in einem Fünfminutenvortrag fällig ist. Doch zu Bruno wollte meine beobachtende Denkkraft, die um den stehenden Papst kreiste, nicht hin, bei dem rebellischen Mönch war alles klar und Empörung gratis, man musste das den Touristen nur kurz erzählen und fertig. Als Zugabe vielleicht in der sechsten Minute die Komik antippen, dass die Kurie noch 1929 das Denkmal des ehrbarsten aller Ketzer beseitigt sehen wollte mit Hilfe Mussolinis, den sie als «Mann der Vorsehung» umschmeichelte. Als das nicht gelang, hat man Brunos Mörder-Inquisitor Bellarmino, der auch Galilei mundtot machte, zum Heiligen befördert und zum Kirchenlehrer, mitten im zwanzigsten Jahrhundert. Alles wegen der These, dass das Weltall unendlich sei. Das meine ich mit Komik, meine Damen und Herren, wenn Angst und Wahn und Wahrheit, Anspruch und Wirklichkeit, Pathos und Fakten, Meinungsdiktat und Meinungsfreiheit so herrlich weit auseinanderklaffen.

Und die Komik hört ja nicht auf, wenn man sie einmal entdeckt hat und weiterfragt: Was haben sie genützt, all die tausend Verfahren gegen sogenannte Ketzer, all die Verbrennungen, Verbannungen und Exkommunikationen, all die Religionskriege und genialen Intrigen? Die Angst vor der Welt, vor der Gegenwart, der Intelligenz, dem Widerspruch, dem Denken, ist immer noch nicht beseitigt. Auch wenn keine ungehorsamen Mönche mehr verbrannt werden, was hat man nicht alles an gewählten lateinischen Worten aufgeboten, um Gewissensfreiheit, Meinungsfreiheit und Demokratie als Teufelszeug hinzustellen, wie hat man sich gewunden, einiges davon Jahrzehnte danach wieder halb und halb zurückzunehmen. Alles umsonst, die Angst vor der Welt, vor der Wärme und Vielfalt der Intelligenz ist ständig gewachsen, selbst die Erfindung der Unfehlbarkeit und der Anspruch, stets recht zu haben, und die Gewissheit, den einzigen Schlüssel für das Heil und die Öffnung des Himmels zu besitzen, sind eher zur Falle geworden und haben die böse Welt nicht gebessert.

Spuren solcher Angst meinte das Archäologenauge auch in den trauernden Händen, dem Trauerblick zu sehen, eine Art Furcht vor der Furcht. Irgendetwas war passiert, irgendein Riss in einer überladenen Seele. Auch er, der Mächtige mitsamt seiner mächtigen Institution, fühlte sich als Opfer, wie man lesen konnte, als Opfer der Medien, der Gleichmacherei, der Missverständnisse, des allgemeinen Relativismus, komischerweise nie als Opfer des regierenden Relativierers von Recht und Ordnung und Sitte, des selbsternannten Befreiers von Sünden und Strafen. Viel lieber, vermutete ich, wäre der gute Mann in einer Zeit wie vor hundertachtzig Jahren Papst gewesen, als man noch einen Mönch in die Würde der Heiligkeit heben durfte, der freitags bei einem Feinschmecker gebratene Lerchen auf dem Teller gesehen und sie ins Leben zurückgeholt hatte, sodass sie fröhlich und gefiedert aus dem Fenster geflogen waren und das Freitagsfleischverbot nicht verletzt worden war. Oder als ein Pius IX. sich die Zeit nehmen konnte seitenlang zu erörtern, ob die männlichen Embryos bereits am vierzigsten Tag nach der Zeugung eine Seele haben und die weiblichen erst ab dem achtzigsten Tag.

Es kippte etwas, im äußersten rechten Augenwinkel sah ich etwas fallen und dachte, noch ehe ich auf allerhöchste Aufmerksamkeit geschaltet hatte, an ein stürzendes Denkmal, an Brunos Denkmal oder Johannes Paul, Campo de' Fiori oder Bahnhofsplatz, eine nach vorn kippende bronzene Figur, Mönch oder Papst, schon war der Schrecken da: Wuchtige Standbilder fallen in Zeitlupe wie bei einem Erdbeben in der Nachbarschaft. Ich hatte einen Moment nicht aufgepasst, mich in Bildern schwindelnd sich drehender Gegensätze verloren und nicht auf die Hände geschaut. Ich sah es nicht mit vollem Blick, aber ich spürte die Bewegung, ahnte in blitzlanger Panik, dass da einer dabei war umzufallen, in Schwäche, in Ohmacht nach vorn zu kippen, so wie ich vor Jahren auf dem Bürgersteig der Via Salaria umgekippt war und nach vorn gestürzt am Eingang eines Schuhgeschäfts, eh ich das Bewusstsein verlor für einige Sekunden.

So sah ich zuerst keinen anderen als mich fallen, ein verspätetes, von Ängstlichkeit beschleunigtes Nachempfinden: leichter Schwindel, panischer Schwindel, die Beine versagen, die Arme ausgestreckt im Fallen, die vergebliche Suche nach einem Halt, kein Baum, keine Säule zu umarmen, nicht einmal eine Laterne zu fassen. Der erste Taumel, der nicht mehr vermeidbare Taumel, der Versuch, abzufedern und den Körper und den Kopf nicht heftig auf den Boden prallen zu lassen, die nicht mehr zu kontrollierende Ohnmacht, endlich der feste Asphaltboden der Via Salaria oder wie hier der kirchliche Marmor.

Aber ich war es nicht, der zu Boden stürzte, es war der berühmte alte Herr, der ein paar Meter rechts von mir gestanden hatte, der nicht im drehenden Schwindel wie ich, sondern mit dem Gesicht nach vorn auf den Boden im Mittelgang gesunken war, und trotz ordentlich gestreckter Gliedmaßen wie verunglückt lag, wie ein gesunder erwachsener Mann nicht liegen sollte. Ich war erschrocken, nein, richtig besorgt, es könne ihm etwas zugestoßen sein, Herz, Kreislauf, Krämpfe. Er tat mir leid, es schmerzte, ihn so zu sehen, den Alten in seiner Schwäche, die Phantasie stellte sofort die Bahre bereit, den Sarg, den feierlichen, pompösen Abschied. Ich stand auf, zum ersten Mal in diesen zwei oder zwanzig Minuten stand ich aufrecht, wollte hingehen und mich irgendwie nützlich machen, aber die beiden Begleiter knieten neben ihm und wirkten kompetent genug. Es half keine Abwehr gegen den starken Gedanken: Wenn er jetzt stirbt, der Papst in einer protestanischen Kirche stirbt, eine solche Absurdität wäre für Katholiken kaum zu ertragen, wäre niemandem zuzumuten, eine Blamage, eine gigantische Peinlichkeit.

Das wollte ich nicht, wollte nicht Zeuge einer solchen Sensation sein und war schon Zeuge, hörte Sirenen, Sirenen der Ambulanzwagen, immer lauter, immer näher, wie ich sie, wieder mit geöffneten Augen, den Kopf gestützt, umringt von teilnehmenden Passanten auf der Via Salaria, vor Jahren mit Erleichterung gehört hatte, als ein Sirenenwagen durch den Abendverkehr pflügte, um mich aufzulesen vom Bürgersteig und den Schaulustigen die Befriedigung zu geben, dass alles geordnet und die Rettung nicht weit sei. Ich wollte trotzdem nicht Zeuge einer solchen Szene sein, ein liegendes, ein vor Schwäche gefallenes Kirchenoberhaupt zu Füßen, und dachte: ein Glück, dass keine Kameras aufblitzen, ein Glück, dass auch die anderen an ihren Plätzen diszipliniert stehen bleiben.

Die Hände, die anzuschauen ich lange geübt hatte, wurden bewegt, gestreckt und gespreizt, der alte Herr stützte sich auf, winkelte die Arme an, die Beine, die Begleiter halfen ihm, die Balance zu finden. Ich begriff endlich, dass er, ganz anders als ich in meinem Taumel, absichtlich zu Boden gegangen war, sich auf den Marmorboden gelegt und diesen vielleicht in Verehrung berührt oder geküsst hatte. Wie sein berühmter Vorgänger, wenn er in einem fremden Land, kaum aus dem Flugzeug gestiegen, den Boden zu küssen pflegte oder die Betondecke eines Flughafenvorfelds, so hatte er sich in dieser Kirche auf den Boden geworfen, als wäre er eben gelandet. Erst jetzt, da er aufstand, wobei ihm von beiden Seiten aufgeholfen wurde, sah ich, wo sein Kopf gewesen war: nah an gemeißelten und mit schwarzer Farbe ausgemalten Großbuchstaben auf einer hellen Steinplatte. Ich bewegte mich zwei Schrittchen nach rechts und meinte, in dem Schriftfeld die Buchstaben L und U und T nebeneinander in einer Reihe zu erkennen.

Nein, ich könnte nicht schwören, dass er sie geküsst hat, die Buchstaben mit dem Namen des Reformators, ich könnte nicht schwören, dass er sie absichtlich geküsst oder nur flüchtig berührt oder gar nicht berührt hat, ich bin kein tauglicher Zeuge für die mögliche historische Sekunde einer verehrenden Lippenbewegung. Was ich deutlich gesehen habe, war allein der Körper mit dem nach unten gewandten Gesicht in einer Art liegender Verneigung vor diesen Buchstaben, diesem Namen. Auch das wusste ich nicht sofort zu begreifen, weil erst einmal die Befürchtungen zerstreut werden mussten: Die Sirenen der Rettungswagen waren nicht mehr zu hören, die Sorge, dem alten Herrn könne der Aufenthalt in der Notaufnahme im Krankenhaus zu einem solchen Albtraum werden, wie ich ihn erlebt hatte, fiel von mir ab, der ganze im eiligen Gehirn vorweggenommene Notfall-Notarzt-Einsatz verlöschte wieder. Im ersten Schrecken hatte ich völlig vergessen, dass dieser Patient als Privilegiertester der Privilegierten ganz anders behandelt worden wäre als ich in dem bakterienstickigen Saal, vollgeschoben mit Verletzten, Stöhnenden, Blutenden, Sterbenden, mit Neueingelieferten, mit Vergessenen oder scheinbar Vergessenen, mit lärmenden, aufgeregten Verwandten der Kranken, mit ständig um ärztliche Aufmerksamkeit bettelnden Notfallpatienten im Umberto-Krankenhaus.

Solch ein Ausflug, der mir am Ende die vorzeitige Pension beschert oder eingebrockt hatte (das ist ein anderes, ein privates Thema), war ihm erspart geblieben, und das erleichterte mich so, dass ich zunächst gar nicht begriff, was hier eben, während meine Phantasie den Kurzfilm vom Taumel bis zum peinlichen Ende laufen ließ, geschehen war oder geschehen sein könnte. Es dauerte, wie mir in diesen Zehntelsekundentakten schien, sehr lange, bis ich den Gedanken fassen konnte: Der Unfehlbare hat sich vor Luther verneigt, vor Luther! Das ging zu weit für meinen Geschmack, Luther war kein Heiliger und auch ein Augustiner mit schwerem Erbsündengepäck. Aber ich war nicht als Geschmacksrichter oder Konzilsvertreter hier, sondern als zufälliger Beobachter und selbsternannter Begutachter päpstlicher Hände, ich hatte das befremdliche Bild der eben gesehenen Unterwerfung erst einmal zu verstehen und auszuhalten.

Er stand wieder, strich den Anzug glatt, ruckte den steifen weißen Kragen zurecht, seine Begleiter zupften an ihm herum. Er schien gefasst, die wenigen Regungen in seinem Gesicht hätten beinah zu einem Lächeln geführt. Ich musste, so absurd das war, an Berninis Elefanten denken: Es bedarf eines robusten Geistes, eine solide Weisheit auszuhalten. Ein Papst verneigt, wirft sich vor Luther zu Boden, ein solches Bild müsste auszuhalten sein von robusten Geistern. Warum soll nicht auch ein solches Wunder geschehen in einer Stadt, in der die Gesetze der Wahrscheinlichkeit wenig gelten, Erleuchtungen und Erscheinungen zum Fundament gehören und die Kniefälle stärker wirken als die Normen der Vernunft und des flatterhaften Menschenverstandes. Da konnte sogar der Herr über die römischen Märchen, Mythen, Legenden und Visionen einmal selbst zum aktiven Teilhaber eines Wunders oder einer Erleuchtung werden.

Mit solchen Selbstberuhigungsformeln beobachtete ich den am meisten bestaunten Mann Roms, der nun, auch von mir bestaunt, festen Schrittes auf die Kanzel zuging, als wolle er endlich etwas sagen, etwas klarstellen, als hätte er keine Zeit zu verlieren. Ich hoffte auf ein abschließendes Wort zu den galoppierenden Zuchthengsten oder zur abgründigen Bosheit des Nihilismus oder auf eine Erklärung für die unerhörte Geste, den mit selbstverständlicher Gelassenheit ausgeführten Fußfall vor dem mit L beginnenden Namen. Was ich gesehen hatte, sollte jedoch gesteigert werden durch das, was nun zu hören war.

Er stieg das schmale Treppchen hinauf, das in den Kanzelkorb mit einem Adlerpult führte, zog kein Brevier und keinen Stichwortzettel aus dem Jackett, stützte beide Arme, beide Hände auf die Brüstung. Die linke Hand, die rechte Hand, beide waren sie wieder im Dienst. Er holte Luft und ließ, ohne weitere Vorrede, die Worte durch den hohen Raum schallen: «Ein feste Burg ist unser Gott», jede Silbe betont gesprochen, nicht gesungen. Eine Kunstpause unterstrich diese Aussage, ich dachte, er wolle sich auf den vorgelesenen Psalm beziehen, in dem von Festigkeit, Festungen und Burgen die Rede gewesen war, ihn auf seine Weise deuten und zu einer Predigt ansetzen, doch er fuhr fort: «ein gute Wehr und Waffen». Pause. «Er hilft uns frei aus aller Not», Pause, «die uns jetzt hat betroffen.» Er folgte Wort für Wort diesem Lied, nach jeder Zeile mit einer winzigen, den Text noch einmal unterstreichenden Pause.

Meine erste Empfindung: Tatsächlich, ein römisches Wunder! Das musst du Flavia erzählen! Und die zweite: Du hast ihn unterschätzt, er ist allemal schlauer als du, er hat in diesen zwei oder zwanzig Minuten mehr reflektiert, als du ihm angesehen hast. Während du seinen nichtgedachten Gedanken hinter der Stirn nachgespürt hast, den nichtgegebenen Ohrfeigen und den nichtgeflüsterten Liebeserklärungen hinterherspekuliert und seinen Händen Erfahrungslosigkeit zugeschrieben hast, hat er vielleicht seine ganze Rationalität oder seinen Glauben zusammengenommen und entschieden, dass alles einfacher werden könnte, wenn er selber zum Lutheraner wird. Eine geniale

Lösung, aus der jahrhundertealten Rolle zu fallen und mit einem kühnen Streich viele oder die meisten Probleme abzuschütteln, mit denen er und sein Apparat sich herumschlagen müssen, die von Tag zu Tag komplizierter werden und weder mit den traditionellen Mitteln der Seligsprechung noch mit Verdammungsurteilen, weder mit Rechthabepflicht noch mit fernsehtauglichen Ritualen zu bewältigen sind. Und trotzdem mit Luther der liebgewordenen Erbsünde treu zu bleiben. Ein Genie!, dachte ich, ohne zu wissen, ob es in der Theologie Genialität geben darf. Die Kirche ist immer wandlungsfähig gewesen, sagt der Gemeinplatz, sonst hätte sie nicht zweitausend Jahre überlebt, und wenn sich eine ganze Kirche, könnte man ergänzen, mit Hilfe von achtzig Zuchthengsten um hundertachtzig Grad und zur Perversion der Erbsünde verbiegen lässt, dann schafft sie kleinere Kurven vielleicht ohne Rösser oder vergleichbare Geschenke.

Mit seiner Stimme bekamen die Worte des Chorals die leise, anhaltende Wucht eines Bekenntnisses, gerade weil der, der sie sprach, die ganze Zeit geschwiegen und sich höflich zurückgehalten hatte. Pass gut auf, sagte ich mir nach der zweiten Strophe, höre jede Silbe, jede Betonung, du wirst, ob du willst oder nicht, als Zeuge gebraucht werden für diesen Vorfall am Sonntag Estomihi vor Rosenmontag und Aschermittwoch. Falls jemand bestreiten sollte, dass der alte Herr im schwarzen Anzug voller Inbrunst wirklich die lutherische Hymne gesprochen, diesen Text mit allen Strophen in geübter Stimme vor präzise justierten Mikrofonen laut und im Licht der Gewissheit verkündet hat, im gleichen Tonfall wie die österlichen und weihnachtlichen Botschaften auf dem Petersplatz, dann wirst du das bezeugen müssen, ob du willst oder nicht.

Jetzt erst bedauerte ich, dass keine Kameras zugegen waren, kam aber auch nicht auf die Idee, mein Taschentelefon, mit dem sich ein wackliges Filmchen hätte speichern lassen, einzuschalten und in den Aufnahmemodus zu stellen und wenigstens den Originalton der vierten Strophe festzuhalten, vielleicht aus Scheu, diesen überraschenden, feierlichen Augenblick, in dem Lutherworte aus päpstlichem Mund wie ein Glaubensbekenntnis zu hören waren, mit bildlicher Ausbeutung zu stören. Nachdem er die vierte Strophe von «Das Wort», Pause, «sie sollen», Pause, «lassen stahn» bis «das Reich muss uns doch bleiben» gesprochen und mit einem diskreten Lächeln der Erleichterung besiegelt hatte, stieg er, offenbar weder Beifall noch Pfiffe erwartend, gemessenen Schritts die Treppe hinab, strebte, ohne mit der rechten oder der linken Hand zu winken, mit seinen Begleitern zum Ausgang und verschwand aus meinem Blickfeld.

Auch ich lief hinaus in die Frühmärzluft, fast erschrocken von dem, was ich gesehen und gehört hatte, auf eine mir unerklärliche Weise erschrocken, und sah eine Limousine mit Blaulicht am Ende der Via Sicilia in die Via Veneto einbiegen, Richtung Mauer, Byron, der schnellste Weg zum Vatikan. Während ich Flavia anrief, die gerade in Mailand in den Eurostar gestiegen war, lief die Dame mit dem Amore-Hündchen über die Kreuzung und schloss eine Haustür auf. Flavia lachte mich nicht aus, sie glaubte mir, was mich beruhigte. Es drängte mich, ihr alles zu erzählen, doch ich musste mir ein paar Stunden Geduld befehlen. Jetzt erst sah ich auf die Uhr, die Begegnung mit dem hohen Besucher konnte kaum länger als fünf oder acht Minuten gedauert haben.

Ich schlenderte weiter, und der Schrecken wich, je weniger ich mich bemühte, das eben Gesehene einzuordnen, und als ich, zum reinen Vergnügen, auf den flachen breiten Stufen der Kapitolstreppen nach oben schwebte, fand ich sie wieder, die Schönheit, die Rhythmen der Stadt. Ich spürte, wie die Takte des Schauens, des Atmens, des Gehens, des Denkens sich auf lockere Weise einander anpassten. Ich suchte sie nicht, diese Takte, sie schwirrten in jede Blickrichtung, sie vibrierten unter jedem Stein, und ich wusste wieder, dass man gleichzeitig vorwärts- und rückwärtsgehen, gleichzeitig wegschauen und hinschauen, denken und verdrängen, hochladen und abladen, aufsteigend absteigen und absteigend aufsteigen und das Schöne einatmen, tief einatmen kann. Dann habe ich in Santa Croce, als wäre nichts geschehen, mit routinierter Heiterkeit den Heilbronnern den Finger des ungläubigen Thomas gezeigt und seine Geschichte erzählt.

Am Abend dieses 6. März 2011 hörte mir Flavia, obwohl erschöpft nach der Reise und der Tagung, mit wachsender Neugier zu. Sie ermunterte mich, die unglaubliche Begegnung aufzuschreiben, bis in die tieferen Schichten, mit der ganzen Prozession meiner Gedanken. Schreib, sagte sie, so nüchtern und präzise wie möglich, was deine Ohren gehört und deine Augen gesehen haben. Noch in der Nacht begann ich mit den ersten Seiten meines vorläufigen Berichts. In den Nachrichten wurde gemeldet, dass der Öldiktator nun mit Flugabwehrraketen und Panzern gegen friedliche Demonstranten vorgehe, über das wichtigste Ereignis in Rom fiel jedoch kein Wort.

Am Freitag, dem 8. Februar 2013, wurde die vorliegende Endfassung dieses Buches um 16.59 Uhr von Rom per Mail an den Verlag in Berlin geschickt. Der 10. Februar war der Sonntag Estomihi. Am folgenden Montag, dem 11. Februar, kam um 11.46 Uhr die Meldung, der Papst werde am 28. Februar 2013 von seinem Amt zurücktreten.

F. C. D.

Editorische Notiz

Die Erzählung erschien zuerst 2013 im Rowohlt · Berlin Verlag.

Rezensionen

«Ein deutscher Archäologe, evangelisch, gebürtig aus Bremen, seit langem in Rom ansässig und mit einer Italienerin verheiratet, geht eines Tages in die evangelisch-lutherische Kirche in der römischen Via Sicilia, um dort etwas Ruhe zu finden. Auf einmal wendet er den Blick zur Seite und sieht – den Papst.

Die Erzählung spielt am 6. März 2011, dem sogenannten Sonntag ‹Estomihi›, einem der Sonntage der Vorfastenzeit. Sein Name greift einen Psalm auf, der nach katholischer Lesart aufs Papstamt mit dem Felsen Petri vorausweist: ‹Sei mir ein schützender Fels, eine feste Burg, die mich rettet.› Für Protestanten freilich ist es der Grundtext von Luthers Choral ‹Ein feste Burg ist unser Gott›. Am Montag nach Estomihi 2013, es war der 11. Februar, trat Benedikt XVI. von seinem Papstamt zurück. Am Freitag davor, dem 8. Februar 2013, hatte Delius seine Erzählung fertig an den Verlag gemailt – das darf man wissen und erwähnen, weil Delius es am Ende in einer Notiz mitteilt und damit zu einem Teil des atemberaubend kühnen Motivgeflechts seines Textes macht.

Der Deutschrömer seiner Geschichte nämlich glaubt Zeuge zu werden, wie der inkognito in die evangelische Kirche Roms gekommene Papst nach einigen Minuten des Verharrens auf dem Marmorboden niederkniet, um die dort inkrustierten Buchstaben ‹Luther› zu küssen; dann besteigt er die Kanzel und spricht ohne Gesang den Text des Chorals ‹Ein feste Burg ist unser Gott›. Was bis in die Morgenstunden des 11. Februar 2013 wie eine fast anmaßende Phantasie wirken konnte, liest man jetzt mit beklommener Nachdenklichkeit. Denn ein Papst, der zu dem radikalen Schritt des Amtsverzichts fähig war, dem darf man wohl auch eine klandestine Sympathie mit dem konfessionellen Konkurrenten zutrauen, jedenfalls in einem Denkspiel.

Sigmund Freud hat die menschliche Psyche einmal mit der Stadt Rom verglichen, aber mit einem Rom, in dem alle Epochen und Schichten gleichzeitig bestehen geblieben sind, also beispielsweise die Kirchen auf dem Forum mit den Vorgängertempeln zusammen existieren und alle Vergangenheiten gegenwärtig bleiben. Und wirklich hat ja selbst das von Ruinen und Bauten aller Epochen zusammengewürfelte reale Rom etwas von solcher Allgegenwart der Epochen, in der die großen Zusammenhänge der europäischen Kultur anschaubar und anfassbar werden: In einer Kirche kann man in vier Stockwerken die heidnische und christliche Religionsgeschichte der Antike durchwandern. Auf römischen Mauern haben lutheranische Söldner ihre Graffiti hinterlassen, neben Kirchen, in denen Luther als Schlange zertreten wird.

Diese Allgegenwart hat Delius nun in einem inneren Monolog klassisch moderner Machart zu einem gewaltigen Bewusstseinsstrom gebündelt – ausgelöst von jener traumhaften Begegnung mit einem Papst in der evangelischen Kirche, die einem deutschen evangelischen Römer widerfährt, als sei er ein Katholik, den Gott mit Visionen segnet. Ein überwältigender Einfall! Wenn man aber überlegt, welches Potential an Überfrachtung, Anmaßung und Kitsch er birgt, dann muss man den Kunstverstand bewundern, mit dem Delius diese Idee auf nur hundert lockeren Seiten – dem Lektürestoff für einen Flug von München nach Rom – umspielt und eben nicht metaphorisch, freudianisch oder geschichtsphilosophisch auswalzt. (…)

Alles kommt in der halben Viertelstunde dieser Papstbegegnung zu Bewusstsein, zum freudianischen Allgegenwartsbewusstsein einer römisch gewordenen Seele: die Kirche, das Papsttum, die Macht, die Sünden, der Widerspruch Luthers, die Verfolgung der Juden, die Deutschen in Rom, der jüngste Zerfall Roms – ‹Rom ist ewig, weil sein Verfall unendlich ist› wird zitiert –, die Korruption seiner heutigen Herrscher, die ewige Lust der schönen Frauenkörper in den römischen Gemälden und Statuen, Michelangelos protestantischer Widerspruch gegen das Papstamt in den Wandgemälden der Sixtina; aber all dies ohne Schwere, ohne das oft Lastende des römischen Stils in Kunst und Historie.» *(Gustav Seibt, Süddeutsche Zeitung)*

«Klatsch! Auf die rechte Wange. Im Sommer 2010 erhebt Papst Benedikt XVI. als Hand Gottes auf Erden seine Linke gegen den Korruptionskönig und Mafiafreund Silvio Berlusconi. Alle Anwesenden des Treffens im Vatikan sind perplex. Der Ausbruch könnte Italiens Premier über Nacht zu Fall bringen. Doch keine Kamera hat die Szene gefilmt. So dauerte es noch drei Jahre, bis Berlusconi abserviert wurde und Italien die Chance zum politischen und moralischen Neuanfang erhielt.

Das ist nicht wahr? Stimmt. Das Ganze hat so nie stattgefunden. Aber ist es nicht vorstellbar? Friedrich Christian Delius bringt seine Leser in der Novelle ‹Die linke Hand des Papstes› dazu. 1943 als Sohn eines deutschen Pastors in Rom geboren, ließ sich der 71-jährige Büchnerpreisträger nach einem Leben in Deutschland nochmals für eine Dekade in der italienischen Hauptstadt nieder.

Dort wurde er Zeuge der finsteren Berlusconi-Ära.

Sein Buch ist eine vor Liebe brennende Tirade gegen den Stumpfsinn jenes Verfalls, scharfsinnig und leichtfügig, ironisch zudem, vor allem gegen wirklichkeitsvergessene Rom-Schwärmereien deutscher Provenienz. (…)

Welche Macht hat so eine katholische Hand? Allein in Italien gehorchen ihr 80 Prozent der Bevölkerung, und weltweit bekennen sich 1,2 Milliarden Menschen zu ihr. Was hätte eine symbolische Ohrfeige für Berlusconi bewirkt? Eine starke Wirkung wäre ebenso überraschend wie gar kein Effekt. Etwa im Zuge einer jener unsäglichen Freundschaftsbesuche des libyschen Diktators Gaddafi, der sich busweise Italienerinnen von einer Modelagentur ankarren ließ, um sie eigenhändig zum Islam zu bekehren, während er für seinen Freund Silvio 30 Berberpferde zur gemeinsamen Parade im Gepäck hatte. Ob da was gezuckt hat beim Papst?

Delius' Erzähler überlegt, ob Benedikt von einer öffentlichen Geste der Empörung absah, weil er nicht an eine peinliche Pferdegeschichte im eigenen Haus erinnern wollte. Schließlich habe Kirchenvater Augustinus die Erbsünde nur durch einen buchstäblichen Pferdehandel im christlichen Kodex etablieren können. Seinen theologischen Gegner Pelagius, der eine Doktrin freien und unschuldigen Geborenseins vertrat, habe Augustinus ausgestochen, indem er dem Kaiser numidische Zuchthengste zuführte, ‹der Ferrari jener Zeit, der überdies neue Ferraris zeugte›.

Prompt sei Pelagius verbannt und die Erbsünde zum Gesetz erklärt worden. Und deshalb muss sich seit 1500 Jahren jeder Teenager schuldig fühlen, sobald sich das fleischliche Begehren regt? Hätte damals keiner Augustinus eine schmieren können?

Die Geschichte von Gaddafi, den Models und den Berberpferden, so unglaublich sie klingt, ist tatsächlich wahr. Man findet sie im Netz, Delius zitiert die entsprechenden Agenturmeldungen fast wörtlich. Von Augustinus' folgenreichem Bestechungscoup aber wissen weder die Weiten des Internets noch eigens befragte Theologie-Professoren.

Kann die Geschichte nicht dennoch stimmen? Was ist Fakt, was Fiktion, was erhellende Einbildung? So viel hat der Erzähler geschafft: Das Vertrauen in die Autorität vermeintlich gesicherten Wissens ist erschüttert.» *(Thomas Wild, Der Tagesspiegel)*

«‹Die linke Hand des Papstes› liest sich wie das Gegenstück zu ‹Bildnis der Mutter als junge Frau›: religionskritisch, bildungsgeleitet, mit scharfem Blick auf die politische Gegenwart … Eine doppelte Liebeserklärung: an die schrecklich-schönen Facetten Roms. Und an die Freiheit der Gedanken.» *(RBB Kulturradio)*

Friedrich Christian Delius

geboren 1943 in Rom, in Hessen aufgewachsen, lebt heute in Berlin. Mit seinen zeitkritischen Romanen und Erzählungen, aber auch als Lyriker wurde Delius zu einem der wichtigsten deutschen Gegenwartsautoren. Seine Bücher wurden in 18 Sprachen übersetzt. Bereits vielfach ausgezeichnet, erhielt Delius zuletzt den Fontane-Preis, den Joseph-Breitbach-Preis sowie den Georg-Büchner-Preis 2011.

Im Februar 2013, aus Anlass des 70. Geburtstags des Autors, hat der Rowohlt Verlag eine Werkausgabe in Einzelbänden begonnen. www.fcdelius.de